生きるためのことば

いま読む新美南吉

斎藤卓志
SAITO, Takushi

風媒社

生きるためのことば――いま読む新美南吉

ほんとうに一人ぼっちだと思うとき　人は何という寂しいことだろう　寂しいからとて
泣く気も起きない　泣いたって誰もどうしてくれるわけでもない
（『良寛物語　手毬と鉢の子』より）

あなたばかりじゃ　ありません　わたしの　せなかにも　かなしみは　いっぱいです
（『でんでんむしの　かなしみ』より）

はじめに

新美南吉の本名は正八、およそ七十年前の人である。生まれは知多半島の町、半田。十八歳で「ごん狐」を、二十八歳で「手袋を買いに」を書いた。作品からわかるのはやさしい人だったということ。だが作品からはそれ以上のことはわからない。

大正二年生まれ、生きていれば百歳を超える。

私の中で作品への興味が南吉その人への興味にいつ変わったかは思い出すことができない。おそらくは作品のあいまに読んだ日記の面白さにひかれたからと想像するばかりである。二十九歳七カ月、この歳月のなかで生きて死んだことも刺激剤になっている。残した作品の大きさと命の短さの圧倒的ともいえるアンバランス。

どんな気分の人だったか。南吉の作品や日記を読んでみると七十年という時間の垣根が消えていることに気づく。南吉が書いた七十年前の言葉が古びていない。古びるどころか今、耳に届く言葉よりも生きがいい。七十数年前の言葉が今、新しいなどということはじっさい信じられないことだが、本当だ。もっと読みたい気持ちが止まらない。言葉の伝達能力の高さに、あきれるばかりだ。なにせ新美南吉を読むことが現在ただいまの、今を読むことなのだから。

今につながるということで言えば、南吉の言葉（作品を含む）は読み手の年齢・性別・経歴によって読後感が違うというのも南吉ならではの面白い特徴といえるかもしれない。年齢に応じて読める特徴をもつ。

南吉は「ごん狐」でデビューしたが、その物語以上にその生き方に学ぶべきものがある。本書を手にする読者は、南吉の生涯がどのようなものであるかをおおよそ知っている。短命であることもうすうすでも知っている。だが生身の南吉は明日がどんな日であるかを知らない。本書は日記や手紙から南吉の言葉を集めた「執筆にかかわる生活ノート」といっていいものである。となりに生身の南吉がいる。面白くないわけがない。

書かれたものを読んでいくと新美南吉その人がわかると思う。読み手は南吉が操り出す豊穣な言葉の魅力に酔わされる。南吉の面白さは我を忘れて言葉の海に浸りきるそこにある。

だが現実の南吉研究は酔うのでも浸るのでもなく醒めた目と心で分析・解説されるところに留まり、その果てに理屈がつけられる。その最たる作品がデビュー作（代表例といってもいいがデビュー作とされる「ごん狐」だ）——十八歳で書いた——というのは若書きということ。その若書き、習作といってもいい作品が南吉の代名詞になっている。じっさい南吉という名前より「ごん狐」が先に認知されてもいる。しかも不条理に人間の自我と愛を書いたなどと、南吉が読めば顔を赤らめるような説明がつく。いちばん悲しい思いでいるのは言葉に生きた南吉ではないか。

話を戻したい。愛知県の知多半島の中央、京坂に向かう街道に面した畳屋に生まれた南吉がめざしたのは、尾張の南吉ではなかった。頭に描いたのは世界のアンデルセンであり、フランスの小説家シャルル＝ルイ・フィリップ（一八七四―一九〇九）になること。岩手の宮沢賢治（一八九六―一九三三）を天才と呼びはしたが、めざす相手とはしなかった。

そんな南吉が望むのは作品を崇めることでもほめ倒すことでもなく、ただ読むことではないか。南吉が残した言葉こそがこの世に残した唯一の「生きた証し」なのだから。

没後七十三年。南吉の言葉は今も新鮮である。

本書には読んで気になる言葉を集めた。あえて方向を決めるような読み方はしなかったつもりだ。ということは、読み手が変われば当然べつの言葉集ができるということだ。作品のストーリーを加えなかったのは引用した言葉そのものを味わっていただきたかったからである。時系列に並べたのも螺旋《らせん》階段のように上に向かう言葉の成長とリズムを実感いただきたいゆえである。

最後に言葉のカタルシス効果について。カタルシスを意訳すれば、心を浄化する効果、鬱積した感情から解放されるそれをいうが、南吉の物語にはその効果がありそうなのである。読む前と読み終えたその後が違う。それが南吉が残した言葉の核にある「南吉の体温」である気がする。読んでいただければ実感できると思う。

本書で引用した原文は、『校定新美南吉全集』（大日本図書）に依った。ただし、他の文献からの引用も含め、旧かな、旧漢字はそれぞれ新かな、新漢字とした。また、明らかな間違いについては著者の責任で改めた。

生きるためのことば——いま読む新美南吉　目次

序章　南吉の死のお手本は広重、緑雨

死は、振り返りのできない一度きりの経験とされる。南吉は練習というものがない死の本番にどう向き合ったか。

文学を志す者は日記を書かねばならないなどという不文律は存在しないが、南吉も生涯、日記を欠かさぬ人だった。日記を付けることが文学修業と考えていたようだ。作品より日記が面白い。そんな評価が出るほど日記を書いた。毎日続くことが当たり前の日記が突然止まった。昭和十七年の正月のことだ。一日から九日間止まり十日目の日記。

「この頃、毎日充実している。死を見つめているせいで」

冗談は困るがそうとも言えない。十日だけでなく十一日も、十二日も死を呼び込むような日記が続いた。その流れが四日めの十三日になって突然変わる。この日、学校で同じ病気（結核）で寝ている生徒の日記を読んだ。自分だけが死を前にしているのでないことに気づいた。

そして、十三日の南吉の日記にこんな言葉が書かれる。

「死まで茶化した安藤広重や斎藤緑雨のことを時々おもへ」

時々おもへ？　茶化した？　何度読んでも意味がとれない一文だった。判じ物のように受け取った。理解できないのは読み手の落度と一概には言えない。書き手南吉の問題もある。南吉の日記はことを書かない。ことことは南吉自身の出来事と言ってもいい。何を書いたか。なんでも書いた。思い付いたこと、作品の抜き書き、テーマ、自分のことだけではない。それがわざわいした。南吉はこの日を死の起点になどと思ったかもしれないが、その一行に目をくれる者はいなかった。七十三年間読み解く者はいなかった。

　では南吉が自身の異変に気づいたのはいつか。はっきり知ったのは（昭和十六年）十二月二十三日、そこに「死を観念」の文字が出ている。二十四日のそれには、

　　文学者の根源的な本能は感得せるものを
　　表現せんとすることであろう。

　感得とは感じて会得することをいうのだが、文学者とは南吉か。前日に死を観念した人の言葉とも思われない文章が書きおかれた。この先の展開を知る者として捨てておけない。またこんなことも南吉の動きに関係するかもしれない。八年前、二十歳の徴兵検査でふるいにかけられたことだ。結果は甲種合格でも、乙種合格でもない丙種合格。合格という文字をよくもつけた誠に不名誉な合格を受けた。国家からも烙印を押された体の持ち主だった。

南吉の喀血はこの時が初めてではない。最初は徴兵検査の翌年の昭和九年二月下旬、東京外国語学校二年生のとき。二度目が昭和十一年十月、東京で就職してから。そして昭和十六年の前半には遺言を書くまでになっている。その同じ十六年後半が「死を観念」と日記に書く、今なのである。やぶから棒でも何でもない。体が弱いということは南吉の宿痾と言わねばならないものだった。

だれでも人の死を取り沙汰したくない。不謹慎だとも考えている。だが南吉の昭和十七年の作品——生涯に最も書いた——が小康だったから、などの甘いというよりのんきな解説に接すると、日記の文字面だけ読むのか、と言ってやりたくなる。十七年は教え子が卒業し、ひまになったというのも同類だ。

十七年の作品は自身の死を目で追いながら書いた。一年余の歳月を死と併走した。先の言葉をもう一度引かせてもらいたい。

死まで茶化した安藤広重や斎藤緑雨のことを時々おもへ。

（昭和十七年一月十三日の日記より）

誤解が生じないように言っておくが、広重も緑雨も南吉が親炙した人物でないというより、南吉の文章に名前が現れるのは多分この一回だけ。どうしてこの二人になったかはもちろんわからない。緑雨と同じ慶応三年生まれでも、正岡子規というのなら、まだわかりやすいのだが。

ただ言えることは、広重ひとりなら単なる物真似、だがそこに緑雨を配したことで真似が真似でなくなっていることだ。単なる思いつきではない。注意してかかる必要がありそうだ。

安藤広重は江戸八代州河岸の定火消同心安藤源右衛門の子として生まれ、本名徳兵衛。十五歳で浮世絵板画の画工歌川豊広に入門、三十六歳で『東海道五拾三次』を、五十六歳で『名所江戸百景』を刊行、六十二歳で没した。その広重は「死絵」を残していることで知られる。「死絵」といっても本人が描くものではない。没後、有力な弟子か死者と関わりの深い友人が描く。広重の場合は、歌川国貞（三代豊国）が絵を描き、横川の彫竹が版を彫り、魚屋栄吉が版元となって売った。広重の「死絵」は堂々とした法体の姿で描かれている。頭をそり手に数珠を持つ。生前の姿そのままのそこに国貞による讃と、広重の辞世がはいる。死絵は追善のためにつくられる。歌舞伎役者や著名な作家が死去したのちに浮世絵として売り出されることからすれば、無名の南吉が死絵がわりの「写真」をと思わないでもないが、南吉の場合はある種の「死絵」であるとともにその時の、「意気」を伝える一枚でもあった気

安藤広重の肖像（3代豊国による死絵）

がする。自身の一枚を残しておきたい、最後の作品の前に、そんな気持ちがはたらいたのだと。

一方の緑雨は本名賢《まさる》、慶応三年伊勢神戸に生まれ、九歳で家族と上京、新聞記者、小説家・評論家として活躍、三十七歳で没した。緑雨の名前は小説家としてより皮肉屋・毒舌家として、また死の直前新聞に「死亡広告」を手配したことで知られる。

(明治三十七年)四月十一日の夕方、友人の馬場孤蝶を枕許に呼び、樋口家から預かっていた一葉の日記や遺稿の返却、それにみずから新聞に載せる死亡広告文を口述し、依頼した。十三日に死亡、火葬された。戒名は露伴がつけた。緑雨が新聞に出した広告は死の翌朝の「万朝報」に載った。

斎藤緑雨

僕本月本日を
以て目出度死
去仕候間此段
広告仕候也
　　四月十三日
　　　緑雨斎藤賢

なお緑雨がどのような男であったかを知るには、中野三敏編『緑雨警語』（冨山房）が便利である。

緑雨と南吉の接点もわからない。同時代でないので『緑雨集』（明治四十三年）か『縮刷　緑雨全集』（大正十一年）あたりの文献で目に留めたと推定するほかない。ただその場合に緑雨が三重県の伊勢神戸（現鈴鹿市）の出身であることは注目してよいかもしれない。知多半島の中央に住む南吉が海をへだてた三河に強い関心を向けると同様に、伊勢湾の向こうから著名な文芸の人が出たことは、まさに心を明るくする大きな要素だからである。また緑雨が戯作や続き〔筆者註　歌舞伎の初期におこなわれた簡単な一幕物を離れ狂言というのに対して、二番続き・三番続きなどの長編をいう〕を「今日新聞」「めざまし新聞」などに発表したことも南吉にある種の連帯感みたいなものを持たせたかもしれない。小説家をめざす南吉の近場の燈台が緑雨という批判文学の創出者であったという見立てだ。

南吉は広重、緑雨の二人から何を学んだか。

南吉を写した代表的な写真が一点ある。撮影者は同僚教師の戸田紋平で、カメラを趣味にしていた古参教師、撮影場所は愛知県安城高等女学校の郷土室（職員室の隣）。写真を撮る知恵

新美南吉

を南吉に授けたのは、もっと言えば、頭を坊主にし、ポーズまでとらせた先哲は広重かもしれない。「死絵代わり」の肖像画（写真）である。撮影時期は、新美南吉に親しむ会会報「花のき」二十一号の山田孝子の考察に照らし合わせ、また写真の南吉が手にする都築弥厚の伝記を書くための資料「弥厚翁」に「昭和17年」を示す鉛筆による書き込みがあることから推して十七年を動かない。執筆の話は良寛物語の成功（昭和十六年十月）が前提。そしてその撮影時期も南吉のはじめての童話集の原稿を一括で東京の巽聖歌宛に送った四月十二日から、与田準一の原稿依頼の葉書が届く四月十六日のあいだでほぼ動かないだろう。なぜこの時期に伝記かと言えば、戦時下の出版事情という要素を加える必要があるが、ここでは立ち入らない。戦時下で何が書けたかにつながる問題である。

緑雨から話がそれたが、無名の南吉が緑雨の死亡広告に代えたものは二つの絶筆であった。緑雨の面目は文章である。南吉はその文章を手本とした。文を書くことが生きることでもあった南吉にふさわしい選択といえる。作家としてなら何を置いても「絶筆」を残さない手はないと南吉が思ったかどうかはともかく、南吉は今生の最後に絶筆二つをつくった。辞典で絶筆を引くと、生涯の最後に書いた筆跡や作品とある。最後が二つではおかしいが、南吉の場合は文学者向きと生徒向きの二通が必要なのだった。前者の絶筆には「天狗」、原稿二十一枚目の四行で終わっているそれを用いた。途中で終わるいかにも絶筆らしい絶筆。書いているうちに死ぬのだから、本来の絶筆であるなら成稿日を書くとか、絶筆と書くこともできない。ただ何時書いたかは知りたいのが人情であることを南吉も承知していたように、原稿冒頭にこう入れた。

一八・一・一八・よる九・二〇染筆

一方、生徒向けのそれには、鉛筆で生徒にはっきりわかるように絶筆と書いた。生徒にあてた絶筆の存在は、安城の「新美南吉に親しむ会」がアンケート調査するまで知られていなかった。（調査は平成七年に、昭和十三年から十八年に在籍した生徒、十六回生から二十四回生、五三一人を対象に実施、回答二〇一通の中の五通が絶筆・手紙・遺稿を見たと回答）。『絶筆』を見る可能性がある二十一回・二十二回・二十三回の生徒が女学校の中央廊下に張り出されたのを泣きながら読んだ、と回答した。二十一回生の一人は、「昭和十八年四月十二日の私の日記に『今日、新美先生の手紙が学校に出ていたのを見て涙が出た』と書いてありました。『もうこれでお目にかかれないのかと思うと淋しい』と書いてあります」と回答を寄せた。

泣きながら、というのは五人に共通している。南吉は生徒を泣かせるために書いたのだから、しめしめというところ。

ここには二十二回生が記憶していたそれを挙げておきたい。文中の「ザル頭」を二十三回生は「みかん頭」と書いている。

皆んなと一緒に行った遠足は楽しかった。君達はやさしかったね。僕のポケットにキャラメルやらチョコレートを入れてくれたね。とても嬉しかったよ。そんな君達に石頭だとかザル頭だとか悪口言ったり叱ったり悪かった許してくれたまへ。

序章で一番書きたかったことは、死をめぐる顚末ではない。いま南吉の作品として紹介される少なくない部分が昭和十七年一月より後に書かれた作品であること。自身の遠くない死を横目にしながら創作されたという事実である。それはこれまで言われてきた結核にかかっていたがその小康状態のうちに書かれたとする消極的、消去法的な説明と立場を異にする。死の恐怖の中で書かれた作品ともいえる。だが作品に悲壮感は表れていない。悲壮感どころか南吉の心のバッティングセンターから打ち出される球は、スピードを増しさえしている。生きる知恵、時代が変わっても生活の原理原則はビタとも変わらない。南吉はその変わらないものを言葉のかたちで残した。

昭和十七年一月十一日の日記には、

「宮沢賢治や中山ちゑ［筆者註　南吉が結婚を考えた女性］もあちらの世界にいるのだ、と思うとあちらに行くこともそれ程いやではなく思われた」とまで書く。
　南吉のけなげとしかいいようのない行為行動はあくまで静謐である。十七年一月から死の十八年三月までに書かれた作品を列記しておく。

　貧乏な少年の話
　ごんごろ鐘
　おじいさんのランプ
　百姓の足、坊さんの足
　和太郎さんと牛
　花のき村と盗人たち
　鳥右エ門諸国をめぐる
　牛をつないだ椿の木
　手袋を買いに（草稿昭和八年十二月二十六日）
　草
　耳
　小さい太郎の悲しみ
　狐
　疣

天狗（絶筆）

終わりに南吉の二通目の遺言状を見ておきたい（一通目は4章で扱う）。二十九歳の遺言状全文である。

遺言状

一、愛知県安城高等女学校を退職するにつき授与さるべき退職金（一時恩給）
一、余が一切の貯金
一、余の著書の印税のすべて
一、余が蔵書並びにその他の所持品一切

右の一切は　あげて余が実父渡辺多蔵の有に帰すべきものとす。以て余は、余が生前に実父よりうけたる大恩の一部に報ぜんとするなり。
右遺言す。

昭和十八年二月十四日

新美正八

第1章　火種

（大正十一年―昭和五年）

1

南吉の一生は二十九年と七カ月。その限られた時間の中で後の世に残る作品を書いた。十八歳で「ごん狐」を、二十歳で「手袋を買いに」の第一稿を、二十九歳で「おじいさんのランプ」を書いた。童話作家として知られるようになるのは没後の、昭和五十年を過ぎたあたりから。書いた物が無名の南吉を押し上げ、読んだ者がそれを応援した。

童話作家として世に出たがむしろ詩人南吉と呼びたい衝動をおぼえる。生涯独身、兄弟は異母弟益吉ひとり。その弟が知多半島の小鈴ヶ谷に丁稚奉公にあがるそれをよんだ詩「弟」の一篇は南吉のやさしさもさることながら、詩人としての力量を認めずにおかないものとなった。

弟

——弟益吉は知多半島の西海岸
なる寒村小鈴ケ谷に丁稚奉公をなす

弟の撮りておこせし
十六枚の写真われらは見たり
親子三人　灯《アカリ》の下に
虫のごとつどいて見たり
この家がなんじのつとむる店か
この海が店の前なる海か
この突堤にも舟はつくか
このとべるはかもめか
弟よ　汝がわざは
いまだ拙ければ
もののあやめさだかならねど
これら木の葉のごとき
十六枚の写真をつづりて
われらは見たり

汝が生活《イノチ》のいかにさびしきかを
かかる店にて貧しき海村の人々に
味噌たまりひさぐなんじが日々の
いかに寂しきかを
弟よ　風邪ひくな
夜はとくいねよ
なんじが兄は遠く家郷にありて
なんじが村にいづくより早く
春来れかしと祈る

作品数はどれほどか。数え上げた人はいない。驚くような話だが本当だ。何を一作とするかがむつかしい。そうはいってもおおよその数は知りたい。定評のある大日本図書の『校定新美南吉全集』（本巻十二、別巻二）に添って数えてみた。詩・童謡二七五篇、童話・小説一七三篇、戯曲ほか六五篇、短歌三六首、俳句三九三句。総数で九六二。

数も大事だが、それより注目したいのが日記、創作ノート、手紙である。日記は、そのまま作品といっていいもの。日記、創作ノート類は十九冊ほど確認されている。日記には南吉が表題をつけたそれもあれば、そうでないものもある。本書では「日記」で一括した。

今挙げたなかから、脳裏から離れない言葉（実際は文章といっていい）のそれを選び、南吉の生涯と対応させながら時間の順にならべたら南吉の何がみえるか。南吉の何十分の一も書いていない者が解説などおこがましいが、挑戦してみた。そんな野次馬的な根っこには代表作「ごん狐」一作で南吉を語ろうとする作品研究一点張りの風潮への一石もある。

南吉の言葉の前と後につけた蛇足は編集メモの消し忘れとしてご容赦願いたい。こんな差出がましいことを強いるのも南吉の言葉の力だと思うといいまいましいが。

さて、本書の最初に挙げる「私の学校」は、南吉の最も古い創作ノート「綴方帳」にある大正十一年十月二十日、尋常小学校三年の二学期、九歳の作品である。「綴方帳」の頭に全二十二篇の表があり、備考の欄に「自作」「他作」とあるのも南吉らしい。良い作品を写すそれが南吉の意識の高さを思わせる。

作文綴方帳　私の学校

私の学校は村はずれにあります。一方には、田があり。一方には山があります。学校のまどから田の方を見ると稲は黄色ろく実のっています。又山の方を見ると松があおとしています今は秋です。秋は一ばんべんきょうするによいときです。今学校では一年生は読方です。二年生は唱かをうたっています。ぼくらは綴方をしています。四年い上はうんどうかいのけいこをしています。ほうかにはうんどうばで元気よく運動します。私の学校は運動きかいが多くあります。高飛もありかいせんとうもあります。まだいろいろの運動きかいがあります。今は桜の葉もちってしまいました。桜もかわいそうでしょう。桜は春咲きます。又もみじもひの木もあります。

「私の学校」三百字全文である。九十四年前の岩滑小学校の様子が目に浮かぶ。わずか三百字で小学校の位置、周辺の景色、日常を教えてくれる。驚かされるのは、読んで書かなければの理屈を心得ていたこと。書く力は身長のようには伸びない。書いて読んだ量だけ伸びる。南吉はそれを知って実行していた。

2

「思出」が気になる方がいるかもしれないが、南吉自身が他でも使い、明治・大正ではことさら誤用と判断された風もないので、そのままとした。椋《むく》は、ニレ科の落葉高木、高さ二十メートルに達する。

半田中学校学友会雑誌「柊陵」に掲載。

童話　椋の実の思出

小さくて身軽な勝次は今まで誰一人行った者のないらしい場所に、枝もたわむ程になっている青い椋の木を見つめながら、赤い頬に笑を浮べて叫んだ。「今に見てろ！俺が誰よりも沢山採ってくるからッ。」それから皆は自分の事をも打忘れ、勝次が夥しい椋の実を貪り採っている嬉しそうな姿を羨しく見つめていた。勝次はやがてふっくらとふくらんだ懐をおさえながら、復枝を伝いかけた。その時の彼の顔は本当に得意そうだった。が、その時……。

時期の詮索はともかく登場人物としては四人、そのなかに木に登る少年勝次と地上から勝次を観察する自分（南吉）を配する。勝次を見上げる自分が南吉であることにも増して、ここでは冒険心を持った木の上にいる勝次の気性そのままが南吉その人であることに興味が湧く。

それにしても、南吉も読んだ芥川龍之介のはじめて活字になった文章が東京府立第三中学校学友会雑誌であり、南吉も半田中学校の学友会雑誌であったことは世代を感じる。

3

小学五、六年と中学一年の動向は知られていない。日記、ノート類がない。書かなかったのか、書けなかったのか。三年間の空白の渇をいやすそれが、中学二年で書いた「第二学年の終わりにのぞみて」であるような気がする。

作文草稿帳　第二学年の終わりにのぞみて

そこでです、三学年になってからはもっと、今までより勉強をしようと思って居る人もあるでしょうが自分は、もう余りやらない心算です、と云っても今までより怠惰にはなりません、どちらかと云えば、自分は体が弱い方だから、其んなに強いて学ばなくても好いと思います、
雑誌など読むと怒られますが三年になってからも読む心算です、自分は只雑誌などが面白い為に読むのではありません、と云うと得手勝手な事を云う様ですが、本当は将来の為に読むのです、どうしても好い文を書くには沢山読まねば駄目です、
自分は斯う云う心を以て雑誌などを読むのですから、三年になってから、親父が何と云ったって読みます、今よりより以上読みます、
雑誌の事は止して、体の事です、自分は身体が非常に細長いので人々に弱いと云われます、自分も丈夫なとは思って居ません、そこでもっと身体に気を付けようと思います、まあ身体を丈夫にする事について此の位の事は守ります、
早起早寝、運動、大食（此れは余り効果は無いかも知れません）位です。
三年になってからの事が多い様ですが、二年の終りにのぞんでは此の位の事しか云えません。完

新見正八、十四歳の飾り気のないまっすぐな文章である。だれでも経験があるこの年齢特有の意気を思い出す。もう自分が決めた人生に入っている体《てい》の文章である。文章は教えられるものではない、読んで書くしかないものと腹に決めている。それにしても十四にしておそろしい心算である。

それは南吉と同郷（三歳で武豊町から半田町岩滑の森家に養子として入籍）の哲学者・森信三（一八九六―一九九二）の言う「必要なことは、ただ決心と実行とだけ」の実践そのものといっていい。

4

「梅雨」の前段部分を紹介する。全体は原稿用紙四枚ほど。前段といったが本文は捨てがたいものだが、と言っておこう。十八歳に書く「ごん狐」が（書けて当り前）と思わせるものになっている。引用紹介するのは文中にあるKを紹介したいため、それだけの理由だ。

作文草稿帳　梅雨。

私はKに恁う云われた事がある。

「君の文は中々面白い、好い所がある。併し、君はいつも同じ様な文を書く癖があるね。その癖は、思い出《ママ》と悲戯だよ」と。成程と思ったから私はそれからは成る可く愉快な明るい気分を有つ文章を書こうと努力して玆半年許りは変な文章を書いていた。併し私は此麼事（しばこと）を考える様になった。

「癖にも悪いのと良いのとがある。Ｋは私にあんなに告げたけれども、先生には度々賞められたのだから必ずしも私の癖が悪いのでは無い。あの悲しみを持った文が私の前世からの付物だったのかも知れない。だから私はそれを棄捨するには及ぶまい。」てな事を。だから今度は、昔に返って自分の癖をぶちまけて赤裸々に書く。

人々には只いやなうるさい感じを与える、短期の梅雨にも私には、此麼思出がある。

（傍点筆者）

ここで南吉がＫと書いた人物は、中学で南吉と競い合った同級、四年乙組の久米常民である。南吉と同じ文学の道をすすむということでもライバル。

文章は、文学青年の匂いを放って読みにくいを通り越して読めないし書けない。

此麼事

此麼思出

どこで覚えた、と訊いてやりたい気持ちになった。校正を仕事にしている古くからの友人に

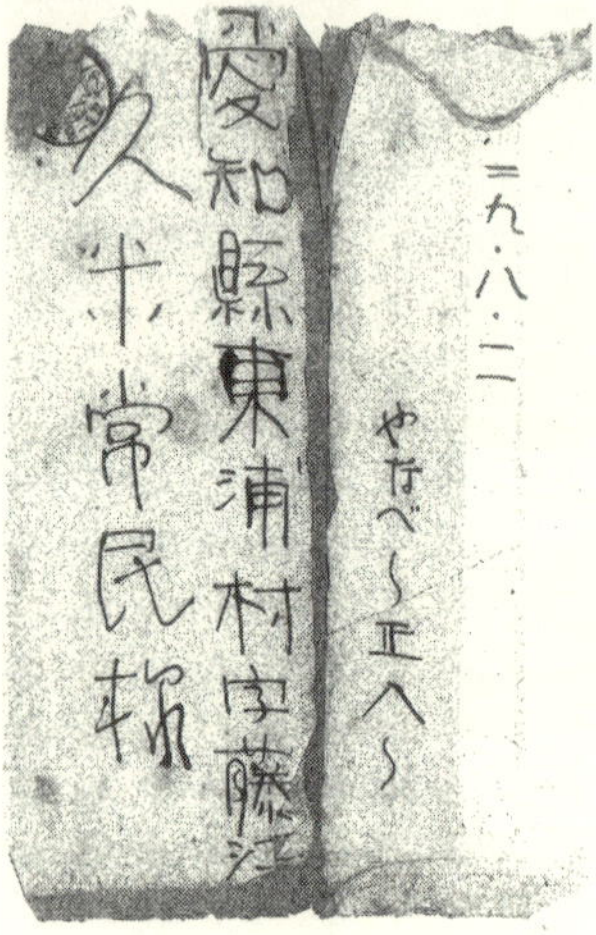

久米常民への手紙の封筒（昭和4年）東浦町中央図書館所蔵

問うが不明。その友人が、そのまた友人へ問い合わせてくれて、ようやくわかった。

　こんなこと
　こんなおもいで

　平仮名でかいてくれと注文をつけたくなる。昭和一桁の中学生は手強い。それにしても久米のひとことに自問し、また自分の道を歩きつづける姿はいかにも南吉らしい。

5

「緑草」「愛誦」「兎の耳」に「赤い鳥」「乳樹」を加えた五つの投稿雑誌が投稿先すべてであったようだ。詩、童謡、童話なんでも投稿した。福井県の「緑草」には、「巨男の話」の前に「銭坊」（昭和三年九月号）の実績がある。五誌もあれば投稿先をどこにするかの悩みとともに星取り勘定にいそがしかったか？

童話　巨男の話

それは、少し風の強い宵でした。都の人々は、窓から塔の上の灯を仰いで見ました。灯は風の為に、ゆらゆらゆれていました。人々はその時、始めて巨男が可哀そうになりました。王様も窓から顔をお出しになって、塔の上を見ました。ごーごーとなる風の隙間に、巨男の鎚の音が微かに聞えて来ました。矢張り王様も巨男を憐れにお思いになったのか、

「こんな夜に働かせて置くのは気の毒だ。それにあの男は、おとなしい。明日はもうあの仕事を止めさせよう」

と一人云われました。そんな事は少しも知らずに、巨男はこつこつやっていました。そして、どんな事をしたら白鳥を泣かせてお姫様にさせる事が出来るだろうと考えていました。不圖、巨男は自分が死んだら――と考えました。そこで、温い巨男の背で眠ってる白鳥に話しかけました。

「私が死んだら、お前は悲しくないか？」

福井県にある少年少女文芸雑誌「緑草」昭和六年十二月号に掲載。

心の美しい巨男と巨男のお母さんの魔法により白鳥にされた王女の物語。魔女の魔法を解くには白鳥が涙を流さなければならない。南吉の作品では数少ない西洋に材を取ったもの。

十六歳にして自己犠牲を主題とした作品を書きあげており、今後の作品の方向性をも予感させられる。

6

日記（昭和四年自由日記）十一月五日（火）の全文である。南吉ほど日記を有効に使った人を知らない。もし日記をつけていなかったら童話作家・新美南吉はなかったと断言できる。本当だ。

日記　昭和四年十一月五日

昨日、詩「さぼてん」を、借屋で思いついて作り、「知らない恋人」を学校で作った。

×

授業料五円提出、

×

米つきに行く。

×

「かめの中にある物はかめの大さを知らない」山路愛山が彼の評論文の中にはさんだ句の意味。僕の云おうとしていることすでに彼は云っている。

南吉は山路愛山の言葉に舌打ちしている。「かめの中にある物はかめの大さを知らない」を南吉の言葉として入れることはためらわれた。出どこが、人名事典でもくらなければ知ることもない山路愛山という人物の言葉だったからだ。実は今でも少し迷っている。だが、たとえ愛山という人物からの借りものであろうとも南吉が類似の言葉を発しておらず、かつ「僕の云おうとしていること」と書いた以上はとらなければならないと腹をかためた。「かめの中にある物はかめの大さを知らない」は、説明でないのがいい。愛山がうちだした「かめ」は万能だ。入らないものがない。第一に人が入る。愛山という人も入る。国も入るし会社、役所みな入る。容量に限度がない。この世に無数にある「世界」が入るのだ。かめの一つに入ってみると自分がわかる。入らなければ金輪際わからないのも「世界」の特徴、南吉は「教育の世界」と「文学の世界」二つの世界に属した。それにしても十六歳の南吉が愛山の言葉を見逃さなかったことは驚きだ。

7

年が変わって昭和五年二月二十九日の日記（文芸自由日記）部分である。旧制中学四年、十六歳七カ月の南吉が吠えた。

日記　昭和五年二月二十九日

三百年もの夢の中に、たいはいばかりがかもし出されたあの徳川幕府の頃、あがめられ、賞されたのは、只、侠客と云われるばくとのみであった。旗本にまけない町奴の番随院長兵エ、清水港の次郎長、国定村のあの忠次。彼等は正しい事には、何ものも顧みなかった。剣の使い方を知らないのに、少数の者で敵の家になぐり込みをやった。敵打ちの助太刀には、自が命を忘れた。
何が彼等をそうさせたろうか。所謂度胸、云いかえれば、はりつめた意気だった。意気一つだった。彼等侠客は、ほり出されたじゃが芋の様に意気にむくれ上っていた。意気は、希望をのせた馬である。希望のさす所へ、意気は、驀地《ばくち》に、馳駆する。

「意気にむくれ上っていた」の言葉が自身に跳ね返る言葉かどうか。南吉の一生を読みとろうとする人間にとって捨てられない言葉である。吠えるだけなら、珍しくもないが――。

8

作品を計る秤がほしいとこれほど強く思わされたことはない。何を計るかといえばここに紹介する「鍛冶屋の子」と、このあと（十八カ月後）に書かれる「権狐」とを計ってみたいのである。風袋をすべて取り払って正味で計りたいのである。南吉が「鍛冶屋の子」文芸自由日記（昭和五年四月二日）に書き、作品として紹介されずになっていたこの作品を旧制中学五年の春、十六歳で書いたことは、どれほど驚いても足らない。童話とも違う、小説とも違うえたいの知れなさ以上に注目したいのは、南吉が鍛冶屋の仕事を書かずに鍛冶屋という鉄を赤らめてたたくことを生業とする親子の生活を書いたことである。目に見えない人間の心情を作品にしたことである。

童話　鍛冶屋の子

何時まで経ってもちっとも開けて行かない、海岸から遠い傾いた町なんだ。

――街路はせまい、いつでも黒くきたない、両側にぎっしり家が並んでいる、ひさしに白いほこりが、にぶい太陽の光にさらされている、通る人は太陽を知らない人が多い、そしてみんな麻ひしている様だ――

（中略）

「兄さん」新次がこう呼びかけても馬右エ門は答えないのを知っていたけれど（馬右エ門は誰からでも「馬」と呼ばれない限り返事をしなかった）度々こう呼びかけた。がやはりきょろんとしていて答えない兄を見ると、「兄さん」と云うと「おい」と答える兄をどんなに羨しく思った事か。

新次は去年小学校を卒業して、今は、父の仕事をたすけ、一方、主婦の仕事を一切しなければならなかったのである。何時でも彼は、彼の家庭の溝の中の様に暗く、そしてすっぱい事を考えた。

炊事を終えて、黒くひかっている冷たいふとんにもぐってから、こんな事をよく思った——

せめておっ母《かあ》が生きていて呉れたらナ、

せめて馬右エ門がも少ししっかりしていてお父《と》っあんの鎚を握ってくれたらナ、

せめてお父《と》っあんが酒をよしてくれたらナ——

けれど、直、「そんな事が叶ったら世の中の人は皆幸福になって了うではないか」とすてた様にひとり笑った。

まったくのんだくれの父だった。仕事をしている最中でもふらふらと出て行っては、やがて青い顔をして眼を据えて帰って来た。酒をのめばのむ程、彼は青くなり、眼はどろーんと沈澱して了う彼の性癖であった。葬式なんかに招かれた時でも、彼はがぶがぶと呑んでは、愁に沈んでいる人々に、とんでもない事をぶっかける為、町の人々は、彼をもてあましていた。彼は六十に近い老人で、丈はずばぬけて高かった。そして、酒を呑んだ時は必っとふとんをかぶって眠った。併し、大きないびきなんか決して出さなかった。死んだ様に眠っていては、時々眼ざめてしくしく泣いた。そんな時など、新次はことにくらくされた。

日記本来の日もあれば作品を書く日もある、そんな日記が文芸自由日記である。鍛冶屋の子は、昭和五年四月二日のところにある。表題「鍛冶屋の子」と同じ行に四月二日とあり、「鍛冶屋の子」の末尾にも改行して一九三〇、四、二脱稿とある。

四百字づめ原稿用紙に換算して十枚、四千字。読み終えてもすえたような物語の世界から戻ることができない。まるで自分が鍛冶屋の家にいて戸の隙間かなんかから鍛冶屋の一家をのぞき込んでいる風だ。息を潜め凝視させられる怖さ、行き場のないやりきれなさがある。

9

日記でもその日のうちに書けるものと、しばらく時間という風を入れなければ書けないものとがある。ここに書かれたそれは後者の代表例といえるだろう。書かずに流すこともできたのに流すに流せないほどの何かを得たようである。火事から経験をひっぱり、さらに同情にむすぶあたりに自問させられる。

日記　昭和五年六月十二日

此の冬僕の家は火災にあって煙となって了った。僕は生れて今まで、かつて見た事のない感情のふるえを僕の胸の中に見た。僕は、それによって想像すら出来ない感情を、我々は持つ事が出来ると云う事を知った。そして経験をたしかにした。以後、一枚の古新聞にのっている火事の記事を見ても、僕は身震いする。そして、真にその災難にあった人々を同情する。僕の同情こそ真の同情だ。その火事の記事を読んだ人は、幾千人いや幾万人あるだろう、併し、その中の幾人が僕の様な同情を抱いたか。おそらくそれは数えられる程だろう、そして、きっとその人々は僕と同じ様に、自分の家を焼かれた人々に違いない。吉田紘二郎は云っている。

「松葉杖の青年を、松葉杖を持った事のない私は真に同情することは出来ない」と。

だから、経験は尊い。経験は美しい。

「離れ」は本来母屋と構造が別で同じ敷地の内にあるから「離れ」なのである。ところが南吉の家では街道沿いの母屋（ここに畳屋と下駄屋がある）から歩いて四分ほどの八幡社脇にある建物を「離れ」と称した。家族が「離れ」と呼ぶそれを止める手だてはない。

火事をおこしたのは昭和五年二月、離れで風呂をわかす火からという。南吉がそのことを「経験」と題して日記にまとめたのは昭和五年六月十二日。この火事が南吉の運命を変えた。半田中学の寄宿舎の管理をしていた教師遠藤慎一が生徒に新美正八がいることを知るきっかけがこの火事だった。遠藤は寄宿舎から南吉が見たと同じ火事の火を見ていた。

10

昔話・童話を子どもの読み物としたのは何時からだろう。年齢で区切らなければならない理由も意味もない。大人も子どもも面白い、それでいい。「唖の蟬」は怖い話である。一つ、二つ、三つ……夕暮れは怖い時間とされてきた伝統をひいた作品。5章で紹介する童話「草」とのからみで加えた。十七歳の誕生日の作品である。

童話　唖の蟬

子供達は夕飯前にみかん畠へ蟬の子を捕りに行きました。子供達の中にたった一人日が暮れたのに麦稈帽子をかむっている子がありました。その子は唖でした。子供達はみかん畑の入り口に来た時、番人の爺さんに頼んで、板やブリキで作ってある扉をあけて貰って一人ずつ這って行きました。

お爺さんはそれを、ごつごつの手で勘定しました。

「一つ、二つ、三つ、四つ、五つ、六つ……」子供達は、みかん畑へ入ると、もう、せみの子を探しはじめました。

文芸自由日記にある四百字づめ原稿用紙に換算して三枚にとどかない超短編。日中ならなんでもないせみの子捕りの話が夕飯前、日の暮れ、扉を開けて入る「みかん畑」、畑に入る子どもの数をかぞえあげるというたったそれだけの要素を加えると怖い話に変化する。みかん畑に子どもたちが入ってからお爺さんが言い忘れたように言う「みんな、遠くまで行っちゃだめだよお、みかん畑は広いからはぐれるともう出られなくなるから」も効いてくる。

六つまでかぞえて入ったはずなのに、出るときは五つまでしかかぞえられなかった。啞で麦稈帽子の子がいなくなった。ストーリー以上にテンポのよさに驚かされる。

第2章　出逢い
（昭和六年—昭和十一年）

1

中学五年、卒業を前にした図書部員新美正八が図書室への思いを書いた一篇が「図書部記事」である。半田中学校の学友会誌「柊陵」（昭和六年三月三日）に発表された。南吉のいちずな顔の見える作文あるいは南吉の地の顔が見えるそれとしても得難い。

雑纂　図書部記事

いったい、あなたがたは、図書室の存在を知ってますか。（図書室は、本館の二階のいくぶん空に近ぃところにあるんですょ。）あなたがたは図書をなんと思ってるんですか。僕等はここに、読書の意義をまくしたてようとするのではありませんが、ともかくもっと読んでいただきたいのです。
そこで、統計を展開します。
貸出回数
　貸出図書学年別（略）
　　貸出図書学科別（略）

汽車などで通学する者が時間を空費しないために、多くの辞書が、いつ見てもよい特別のたなにならべられました。しかるにこれらの辞書はいつもきちんと棚の上にならべられていて、こころみに一さつを手にとって頁をくって見ると、あわれ、頁の一枚一枚が、バリバリと音をたてます。
また、雨の日の昼食後の時間の空費を考えて、図書室の一部を開放するのですが、殆どまじめに読書する人はないです。だから、ほんとうに読書しようとする人のじゃまになるのです。これから、図書室へくる人はかならず静粛を守ることです。屋根の上でないていている鳩のククククがきこえてくるくらいにしてほしいのです。ではこれで――。

みじかい文章のなかで二度までも「時間を空費」「時間の空費」と警鐘を鳴らす。南吉と時間ということでいえば、創作時期不明とされる短歌が思い浮かぶ。

この一分もわが一生の一分だ
　時計を見つつ思ひたるかな

南吉が短歌を作るようになるのは、半田中学に短歌の同好会ができたため、こう書いたのは、この先に出会う編集者で詩人（童謡「たきび」の作者）の巽聖歌だが、中学五年に遠藤慎一と遠藤の大学の先輩佐治克己とがつくる同好会に南吉もいるという関係性は、同じ時間に居合わせる人の、人生の不思議を感じさせる。佐治は昭和十二年三月新任校長として安城高等女学校に赴任する。

2

「海から帰る日」は、南吉の日記（文芸自由日記）にある「海から帰る日」と、「柊陵」（一九三一年三月三日発行）にある「海から帰る日」とがある。日記にあるのが草稿で、「柊陵」にあるのが正稿であることはいうまでもない。草稿から正稿（「柊陵」という公の場に出す原稿）にするために落とした部分（日記）に生の南吉が出ている。

「海から帰る日」は中学時代の五年を念頭に書かれている。

日記　海から帰る日

1

雲はビルディングになってくれない。風鈴草はいくら振っても鳴ってくれない。木馬は乗ったって走ってくれない。

×　3

私の生活は私の生活。
あなたの生活はあなたの生活、
彼の生活は彼の生活。
いかに暴逆なネロでも、私の生活を窺うことは出来ない。
私の生活は私の生活。

×　5　6

言語は不完全なものである。私達が用いてもよい言語がどれだけあるか知らないが、或一瞬の私の感情をさえ完全に表してくれる言語は一つもない。私が或時、古い魚を焼いてる。その時、私は一種の淋しさに近い感情にぶつかる。私は仕方がないから、その感情を「さみしい」と云う。すると私の友達は、君は詩人だと云ってくれる。私は猛然とつまらなくなって了《しま》う。

×　8

道のない国はない。
軌道のない星も殆んどない。
私と芭蕉の境地との間にも、非常に長く、非常に険しいかしらないが、必ず軌道がある。また、私とキリストの間にも、きっと軌道がある。そして、私の間にも軌道がある。

正稿（学友会誌「柊陵」）にはここで紹介した5　6・8は欠落している。同じ原稿に5と6の数字があるのもおかしいがこうなっている。5と6は私的な感想のたぐいとしてはぶいたのだろう。だがそのつぶやきのような物言いの中に、五年間をかけて自分のものにした者のみが知るひとつの確信めいたものがあるように思う。その生涯を振り返ってみると中学五年のこの「海から帰る日」が芯棒になっている気がする。できれば避けて通りたいほどの、敬して遠くへ置きたいほどの中学生であったこと、気性の激しさを見せる日記である。最後に先に書いたこととは逆の、「柊陵」にあって日記にない部分を引いておきたい。

五箇年の間どう歩いたか。それは云い得ない。ただ無意に過した五箇年の最後の瞬間に、はっきりと物を見、攫み得た事だ。それは海から帰る日である。自分は嬉しくてたまらない。自分はこれから、海岸の人々に向って叫ぼう。

――おおい！　獲れた獲れた！　小い鰡が三四匹！　けれど皆んなぴちぴちとはちきれそうに生きている、と。
真珠貝を拾って来たかの様に双手をひろげて叫ぼう。そして明日はまた海に行く船出の日だ。

比喩を用いる中学生、この年の五月には『赤い鳥』に童謡「窓」が、九月には『コドモノクニ』に童謡「風」が掲載される。愛知から東京へ軌道を修正する若者の息吹を見るようである。

3

競いあう相手がいるという関係が人間にどれほどの意欲と負けん気を出させるものか。南吉が久米常民に送った手紙には驚くほどの心情がつづられている。久米と南吉は中学で同じクラスになったことから知り合う。自身も八高（第八高等学校）に行きたかったが親から許されず高等師範ならと受験し、そこを落ちた南吉から、めでたく八高に合格した久米常民へ宛てた手紙である。二人の競い合いのベースにあるのは、中学校の成績でも高等学校の合否でもなく「書くことのライバル」意識だった。久米も南吉も投稿に魅力を感じる文学青年だった。

書簡　久米常民宛

久米君　君のお手紙にたいへん感謝する。ああ今僕は泣いて見たいと思っている。そしてそれはうれしさだよ。

君は長い間手紙をくれなかったね。何故くれなかったんだ？　僕は今恨んでる。本当に。君は僕の方から先に手紙は出せないと云うこと、僕がそう云うまけぎらいの人間であると云うことをしっていて、何故手紙をくれなかったんだ？

君はまだ君の手紙に嘘を書いている。偽善的な嘘を書いている。中学校にいて、交っていた時、気持の上で、僕と君は勝とう勝とうとして争闘していた。（この事は今始めて君につげる。君の心の中をのぞいて見給え）それだのに、君は僕に勝ったじゃないか。君は喜んだ筈だ。僕の失敗と君の成功を喜んだ筈だ。君の手紙には、いたずらに僕に同情した事ばかり書いてある。僕は癪にさわって仕様がない。君は僕をそんな馬鹿な男と思っていてくれるのか。

新聞で、君が八高へ入学したことをよんだ時、僕は君にお祝の手紙をあげた。君はあの手紙をどうしてくれた。やぶってすててくれたか？　そうだろう。けれど、生れてあんな手紙を書いたのははじめてだった。あんなに涙にぬれた字を書いたのは始めてだった。あんなに重い字を書いたのは始めてだった。あんなに――やめとく。

今来た君の手紙を見ながら、僕の思っている事をのべる。あいつは虚栄心が交ってこんな手紙を書いたんだろう。即ち「俺は八高生だ」を見せびらかす気持がはいって――。本当は僕に手紙をくれるのはいやなんだが、出さないと、世間一ぱんの友情のない平凡な男の様に思われる。それがいやだ。俺は友情をすてない男だと云う事を君以外の者（僕一人に限っていまい）にしめして、自分を満足させたい為に書いたんだろう。――

「君の幸福を祈りつつ」ああ、僕は一月前の手紙にはそんなことをよく書いたんだな。けれど僕は決して他人の幸福なんか祈らなかった筈だ。「僕の幸福を祈りつつ」であったのだ。しかし、思えば「話の出来る奴」は君一人だったな。そして君と僕は「そんな話」以外に何か結びつけるものがあったな。思えばそうだったな。僕は涙もろくなっている。今君が俺の前に来たら、君をにらんで泣くぞ。泣くぞ。

その辺にごろごろしている友達に「代用教員はどうだい？」ときかれると、俺は即座に「のんきなもんさ。こども相手だから」と答える。彼等は馬鹿だからそう答えるんだ。しかし、君にはそう答えない。「のんき」そんな雲の外にういてる様な一言で片づくものか。たくさん云いたい事があるが後にゆずる。「幸福か幸福でないか」と君はきくが、俺はそんな問には答えない。第一僕は何が幸福で、何が不幸か知らないから。「幸福」や「不幸」と云う話はやはり「のんき」と同じ様に（すくなくとも僕にとっては）雲の外にうかんでやがるんだ。

日曜日と土曜日の夜はきてもいないから駄目だが、日曜の昼とその他の夜はいるから、いつでも来い。よかったら――。八高の制帽制服で来い。来たら覚えたドイツ語をかたれ。俺は思いきってたたきのめされて泣いて見せるから。

云いたいことがひじょうにたくさんある。

（この手紙は失わないでおいてくれ）　正八

南吉はまけぎらいであった。まけぎらいな性格と好きなことをとことんやる性癖とがくっついた。自分がまけぎらいだと自ら告白したのは、久米常民の手紙をおいてない。

南吉が中学時代に競った久米常民は、名古屋にある第八高等学校に合格、南吉は岡崎の師範学校を落ちた。手紙の日付は（昭和六年）四月二十五日。

手紙を読んだ久米常民が自宅のある知多郡東浦町の藤江から半田町岩滑へ自転車を走らせたのはいうまでもない。岩滑で久米を応対したのはいつもと変らぬ南吉だった。八高から東京帝国大学国文科に進んだ久米は後年この南吉の手紙を書簡体の詩と表現した。

久米常民は昭和四十二年（一九六七）に南吉からもらった手紙について書いている。東京書籍東海出張所資料編集室発行の「東海の国語教育」（No.8）に寄稿されたもので、書き出しに牧書店から『新美南吉』全八巻の出版が紹介されている。寄稿の題名は「新美南吉の手紙について」とあり、サブタイトルに、南吉との交遊の思い出、とある。一から五まで数字がふられているがここではその四と五を引用しておきたい。久米常民その人と南吉とがわかる稀有な文章になっている。

作家になることに自信がなくなり、「文学の研究」をする方にまわらねばならなくなった私は、いま、彼の私宛てのこの恐ろしい手紙が、彼の詩であったことに気づいている。これは確かに私宛ての手紙で、私という人間が相手であったけれども、彼の精神を支配していたものは、現実の私などではなく、彼自身の詩精神だったのである。私が彼にどんなことを書いたか今は思い出せないが、恐らくそれは俗物的な通り一ぺんの実用文だったにちがいない。その俗物性が、彼の詩魂をはげしくゆすぶったのである。その結果、彼は私を震撼《しんかん》させずにはおかなかった、この書簡体の詩を血涙とともに獲得したのである。

自然主義以後の日本の作家の精神には、一種の類型を設定できるように私には思える。それは人一倍感じやすく傷つきやすい精神で、しかもその精神は、「文字《もじ》」を通して「表現する」以外に癒《いや》すことのできない、やっかいなしろものであるということである。

卑近に過ぎて恐縮だが、そういう文学者の精神構造は、ゴム風船に空気を入れるようなものと比喩することができると思う。外界の事象や人間関係において、彼の魂は、常に感動し、傷つき、破られて、あたかも風船に空気がはいってふくらんでいくように、ふくらんでいく。しかしふくらむ一方で、ぬけ道がなかったら、風船は爆発してしまう。文学者の心のふくろのぬけ道は、「文字《もじ》」による「表現」の道である。爆発点にまで追いつめられた文学者の精神は、猛烈な勢い（エネルギー）で、紙上に「文《も》字《じ》」をたたきつける。作品の誕生である。

南吉の場合、たまたま私が、彼の心の風船をふくらます原動力になった。それだけである。だから、なま身の私が出かけていっても、なんのことはない。南吉における文学は、その時既に完結していたからである。

震えがくるような指摘である。南吉の文字、執筆の動機までが見えてくるようだ。なお、梯久美子『百年の手紙——日本人が遺したことば』（岩波新書）には南吉から巽聖歌に宛てた手紙が収載されているが久米常民宛のこの一通、南吉が（この手紙は失わないでおいてくれ）とまで書いたそれも巽聖歌宛の手紙と同等の値打を持つものと思う。

4

出版社勤務の編集者で自らも北原白秋に師事して童謡をつくる巽聖歌（本名・野村七蔵）から届いた手紙への返事である。南吉は半年に満たない小学校の代用教員を了えたばかり。同人誌「チチノキ」（乳樹）への入会がからむかどうか不明。しかし未知の編集者から偶然届いた原稿依頼でもない投げかけに十八歳の南吉はどう返したか。もらってうれしい手紙を前にどのようなことを手紙にしたか。久米常民の手紙と同じ昭和六年である。

書簡　巽聖歌宛

お手紙拝見しました。

〝チチノキ〟とあなた方先輩の童謡集の出るのを待っています。与田さん（こんな風におよびしては失礼ですか）の童謡集はもう出てるんですか？

愛誦10月号であなた方の御熱心さを見せて頂きました。白秋先生の門に集う方々、チチノキの方々の進出を望んでいます僕ですから、たいへんうれしく思いました。

私は、こつこつやっているにはやっていますが、入学試験の為の勉強なんかで、あまり進歩もしません。

今年の十二月下旬には、はじめて上京するつもりです。高等師範の国漢科を受けるんです。こんな機会にもしあなた方にあえたら好いだろうなと思っています。おあいしたいなと思っています。

私なんかに下すったお手紙に感謝しつつ。

6・9・18

にいみ南吉拝

巽聖歌様

あえてしたたかなと折紙をつけたい周到な手紙である。上京という的をねらった手紙である。巽聖歌が半田に住む文学青年を激励でもするつもりで出した手紙。その礼をのべた手紙に南吉は、上京するつもり、国漢科を受けるとまで書いて返した。受験するも嘘なら、国漢科も出まかせ。それを十八日に出している。

文面こそ嘘も実も混じった手紙であったかは知らないが、ひたすらあいたいという強い思いをもつ人間だけが書くことのできる手紙であった。己の人生を変える渾身の書簡として読んだ。

「赤い鳥に投ず」平静を装う気味《ぎみ》のある南吉にこう書かしめたのは権狐に余程の自信と手応えを感じていたからだろう。日記に書かれた草稿の表題の下に「赤い鳥に投ず」とある。雑誌「赤い鳥」にはすでに童話だけみても「正坊とクロ」、「張紅倫」が掲載されているのにこう書いた。赤い鳥社で原稿を受けたのが与田準一、南吉の原稿に手を入れたのが鈴木三重吉だった。三重吉は明治十五年生まれ、東京帝国大学英文科で夏目漱石の講義を聴き師事した児童文学者。

5

権狐（草稿）

茂助と云うお爺さんが、私達の小さかった時、村にいました。「茂助爺」と私達は呼んでいました。茂助爺は、年とっていて、仕事が出来ないから子守ばかりしていました。若衆倉の前の日溜で、私達はよく茂助爺と遊びました。

私はもう茂助爺の顔を覚えていません。唯、茂助爺が　夏みかんの皮をむく時の手の大きかった事だけ覚えています。茂助爺は、若い時、猟師だったそうです。私が、次にお話するのは、私が小さかった時、若衆倉の前で、茂助爺からきいた話なんです。

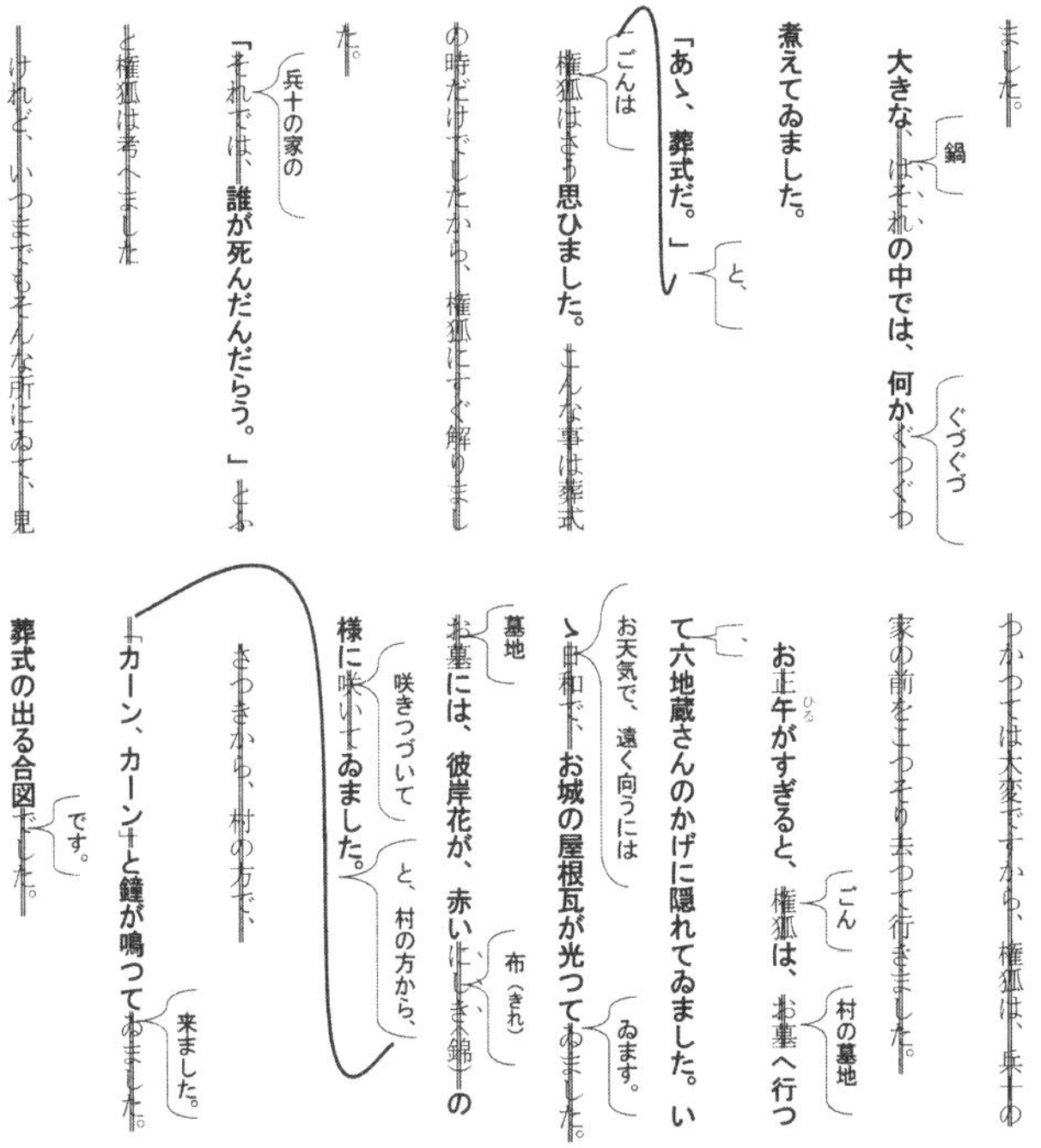

草稿「権狐」→『赤い鳥』版「ごん狐」の異同を示したもの（部分）
（山本英夫氏作成）

日記にあって「赤い鳥」にない権狐の前文のような口上のようなこの部分が三重吉によって削除された部分である。「赤い鳥」の権狐より草稿のそれがよい、あるいは「赤い鳥」がいいと評価がわかれる。私はどちらもたまらなく好きだ。おべんちゃらではない。南吉は運命を変えるために、三重吉は望んでいたものが来た、とばかり精根をかたむけて手を入れた。ただの投稿原稿に執着した。送られてきた原稿がそうさせずにおかなかった。その直しは完璧なものだった。自分の原稿でもここまではすまいという手の入れ方だった。三重吉の生まれた広島市猿楽町の方を向いて最敬礼したいほどである。この時、三重吉四十九歳、赤い鳥を主宰する三重吉が十八の南吉に尽力を惜しまなかった。

南吉が茂助爺から話を聞いた時代は柳田国男が日本民俗学を組織する前にあたる。「遠野物語」を柳田に語った佐々木喜善と宮沢賢治もまた昔から伝承されてきた「はなし（物語）」を聞き書きする同じ土俵にいた。「はなし」はこれをはなす人がいて、これを聞く人がいての「はなし」である。

「草稿権狐」は新美南吉記念館長山本英夫氏の作成になるもの。二〇一四年十一月十八日の安城市文化センターでの講演会資料である。百の説明よりひと目で推敲の意図がわかる得難い資料である。

6

南吉自身が本をどう読んだかを記した文章はいくつもない。東京外語の三年終わりか四年に知りあう河合弘も後になって南吉の本の読み方を書いている。（『友、新美南吉の思い出』）少なくとも楽しみなんかで読んでいない。それが友人河合が見た南吉の本の読み方だった。そんな河合の見方を裏づけるような六月十三日の日記。

日記　昭和八年六月十三日

Byron の Childe Harolds progress を読みはじめた。

戦争と平和第二巻を読み了った。この巻ではほんぽうな女ナターシャが主にえがかれている。飛躍はないが、引ずってゆく力を持っている。トルストイはこの力が非常に深く強いではないかと思う。

トルストイは心理をはたから見て描写し、ドストエフスキーは中から見て描写する。しかも二人は最高に達しているのではないか。しかし外から見ていては自然断片的な心理しかとらえられなくなり、心理の描写と云うより寧ろ性格の描写となる。内から描く場合はこの反対であるが、この描法を用いたら、作者自身の心理的流れ以外には成功しないであろう。何故なら、吾々は他人の意識の流れは解らない。

南吉が親炙した外国の作家としてはフランスの小説家フィリップが最右翼であることは動かないが、トルストイ、ドストエフスキーとならべられると一体この昭和八年に何人の外国の作家を読んだかという興味が湧いた。さいわい八年については一月一日から十二月三十一日までの日記が残っている。

十人ほどの人名を書き出してあきらめた。当方の知らない人ばかりは当たり前としても、やたら出てくるアルファベットに閉口し、読みに自信が持てなくなった。同じ人物なのにカタカナ表記が違う。ティヴィドカバーフィールドが次の頁にディビット、カバーフィールドとあるのを見て断念した。レフェリーのいないボクシングのようなものだ。

拾い物もあった。外国映画を本を読むのと競争するほど見ていること。それに下宿の様子。「五月七日　日曜日」の日記の終わり、映画〝巴里祭〟を見ての後にある部分、

今日位下宿へかえるのが淋しかったのを知らない。みんな人々は、それぞれ帰って行くぬくとい家庭があるのに、俺が帰って行くところはさむい三畳の一つの机の上のデンキスタンドの細いあかりだけ。巽のとこへ寄って見たがるすだった。

学校と下宿と聖歌の家、この間を巡っていたのが二十歳の南吉だった。さらに加えるなら最近出た新美康明の論考（「二〇歳、その年に四三本の映画を観る」『別冊太陽　新美南吉』）にあるところの、その八年に四十三本観たという映画館と喫茶店行きを計算に入れるべきかもしれない。日記を日付順に流し読みしたときには気づかなかった。弱音を吐かない南吉、愚痴と無縁な南吉、その南吉が映画の世界から戻って吐いた霧のような言葉。

7

評論「外から内へ」は、回覧雑誌に書かれた。回覧板のように読み手から読み手へと回覧さ

れる。印刷の手間も切手代もいらない。何人の間を回ったかは後に書いておくので、まず本文を読んでいただきたい。南吉のここでの関心は見ることである。

評論　外から内へ――或る清算

――昆虫にも生活がある。〈昆虫の生活観察〉こそ、〈昆虫学者〉の将来であらねばならぬ。と私達は標榜する。

　蜂の巣に、蟻の穴に、蟬の枝に、蝶の花に、そっちからもこっちからも、拡大鏡がのびている。ものずきな拡大鏡が、遠慮もなく覗いている。

　しかし、それでいいだろうか。私達の〈昆虫記〉は昆虫に与えられて、有意義であるだろうか。しかも私達の〈昆虫記〉は、昆虫に与えられる筈の約束ではなかったろうか。童謡は――もっと大きく言って児童文学は、児童のための文学、児童を素材にした文学と云う意味ではない筈だった。昆虫記が昆虫に与えられて意義を有つであろうか。

　ファーブルが昆虫の生活につきない興味を湧かしたのは、彼が人間であったからである。彼は人間であったから、昆虫の闘争や、恋愛や、営巣や、労働や、そうした生活の客観が絶えない興味をそそってたのは彼が昆虫でなかったからである。面白いのであった。昆虫自身にとっては、その闘争は生きんが為死にものぐるいの闘争であり、その恋愛は種の繁栄の為の真しな恋愛であり、その営巣も労働も、その他すべての生活行為は、自己及び自己の種を防御し、発展させようとする厳しゅくなもがきであって、決して、その生活の或時或個所で、ファーブルがもたらした様な微笑はもたらさないに違いない。

私達は子供を馬鹿にすることは出来ない。子供には子供の非常に厳しゅくな生活がある。たとえ、子供の画く空想が私達にとって馬鹿げきっていてユーモラスであっても、子供達のえい智が如何に突飛にひらめいても、子供の生活は子供自身にとって、完全な〈生活〉である。子供の生活をキャメラのレンズの様に客観的に見た作品は、たといそれが大人に如何に面白くとも、子供にとっては無意義であろう。それは恰度、昆虫記を人間が読む様に、大人の読むものであって、児童文学の名を冠するより、むしろ大人文学の範疇に入れらるべき質のものであろう。

だから、私達が、昆虫の複眼の美しさから、その感光性に注意を移し、触角の巧ちから、その感覚の新鮮さに眼を転じたことは、即ち、外から内へ飛躍したことは、私達には、画期的な進展と言えよう。私達は、外から内を覗くことをやめる。内にひそんで、うにの様に外に向う。

タイトルの外から内へ、の下に付けられた——或る清算、の文字はいつまでも印象にのこる。

本篇は回覧者わずか三名（高麗弥助・真田亀久代・新美南吉）の回覧雑誌「風媒花」に書いた原

稿である。副題にある清算は、過去の関係に結末をつけるほどの意味になるが、ファーブル昆虫記を持ち出しての熱弁は、昆虫と子供をどう見るか見立ての問題に展開してゆく。そしてこう結論する。私達は、外から内を覗くことをやめる。内にひそんで、うにの様に外に向う、と。

見ることが書くことだと言われ、あるいは、しっかり見ろ、注意ぶかく見ろと怒鳴られてもそれは言う側の単なる気休めに過ぎない。親が勉強の出来ない子供にがんばれを連呼するようなもの。どうやると効果が上がるか。子供に言うべきはそこ。どこに立って見るか、どの立場から見るか。立ち位置を捜す南吉がいる。

8

前項7に続いて、見ることにつながる記述である。見るといってもただ漫然と見るだけでは見たことにならないと気づかされる。言葉でも安全安心のようにだれもが御題目のように使うと鮮度も張りもなくなるが、見ることでも同様のようだ。マネキンが着て人の目にふれたものは、目アカが付くといわれる。南吉の見るはこころの目で見ると同義かもとも思うが、見えなければ書けない。だれの目にも映っていないものを見て書くとはやっかいな話である。

日記　昭和八年七月七日

朝おきぬけに庭に出てみたら、桧葉垣に白い露が沢山たまっていた。このこまかい露の一つぶ一つぶに桧葉が小さく小さく、しかもさかさまに映っているのを発見した。じっとみつめると云うことを心がけていた矢先のことなのでうれしかった。

南吉がこの日の朝見た桧葉は、露に映った桧葉ではない。朝露の玉に映った桧葉垣の桧葉が逆転して映っていた姿。よく観察することを自身に課した者だけに与えられる発見したぞというしあわせ。その現場を自身の目がとらえた。ああ、というしかない見つけ方、シャッターを押したい一瞬の感動、日記に書いておきたい、そんな南吉の気持ちが伝わる七月七日の日記である。

安城あたりでは、七夕の朝、竹やぶに入って七夕の朝露をあびると夏痛みしないという伝承がある。南吉はこの日が七夕の朝だと気づいていただろうか。

9

昭和八年は日記の引用が多いとの声がこちらまで聞こえてきそうである。当方も作品と手紙と日記のバランスを考えないわけではないが、日記の割合が多くなる。作品より日記にひかれる性向もあるかもしれない。しかし一番の原因は作品と手紙を書いていないそれに尽きる。ないものは手品でも出しようがない。

日記　昭和八年七月八日

補　遺（七月八日）
森鷗外の作品集をやっと読み了った。
相当な作品、即興詩人、阿部一族、山椒大夫、細木香以。高瀬舟。
即興詩人はアンデルセンからの翻訳で、勿論原作はいいであろうが、このろうたけた、巧緻をきわめた、艶麗な、しかも流暢な訳文が非常にいいと思う。阿部一族以下の作品はすべて晩年に近い頃の作品で、歴史的考証に基くものばかりであるが、〝阿部一族〟に於る殉死者の心理、殉死をゆるす殿様の心理及び〝高瀬舟〟の罪人と役人の心理に、観念的でない解釈を与えているのが面白い。この文章のスタイルもすきだ。少しも気どらず、歴史の考証に用いるノートをそのままつなぎあわせた様に織りながら、そのあいまあいまに、印象ぶかい感覚的な自然描写を織りこむ。しかも、その感覚的な自然描写を少しも誇張していない。淡々として述べている。阿部一族は、志賀直哉の作品と一脈通ずるものがある。

東京外語時代の友人河合弘だけが南吉の読み方について書いている。南吉がどんな本を読んだかに関心が向かう研究者でも、読みかたに言及する者はいない。喫茶店に行き、下宿に行き、いっしょにめしを食べた者だけが知ることのできる南吉の内心。河合はその外から見えない胃袋について書いてくれている。

とにかく、君の読みかたはいつでも実際的であった。実際的というのは、まず己の志す創作に備えて読んでいたわけである。ひょっとしたら、じぶんのための単語集をこつこつ作っているのではないか、と思えるほどであった。ともあれ、あの頃のうす味の童話とか、舌足らずの童謡から抜け出そうと、懸命の努力をしていたのであろう。
(『友、新美南吉の思い出』四十三頁)

ここで河合が単語集といっているのは筋とかストーリーでなく単語、言葉の力をいっている気がする。

なおここに引用したのは通常書かれる七月八日の日記とは別に補遺(七月八日)として書かれ、なおも文末には改行して「一九三三、七、八よる」とあることに注意しなければならない。そうまでしても書き留めておきたかったのだ。引用部分のなかに「少しも気どらず」の文字があるが南吉の文章にある空気感をつくっているのは案外、この「気どらず」の実践なのかもしれない。通常の七月八日の日記も面白い。こんなことを書いている。「与田さんの昨夜の話に僕は人間は神経質でも作品は神経質でないそうだ」など。
南吉は五月六日にも鷗外の〝文づかひ〟〝埋もれ木〟を読んでいる。

10

昭和八年（一九三三）最後の日記を十二月の日記から選んでみた。やはり変化の少ない風が流れていた。昭和八年の年は書くより読むことに集中した年といってよいかもしれない。

日記　昭和八年十二月二十二日

修身の試験。試験が終ってから藤掛にマイネクライネをおごらせてここでも又田園交響楽。きくたびに解って来るような気がする。まるで模糊としたニュアンスのみとめられない一枚の無感覚な板であったのが、段々と霧を払い、ピントをあわせて明瞭に浮かびあがって来るのだった。帰りの電車の中だったか、或は舗道を歩いていた時だったか、とも角今日一日のうちの或時に芸術を解するのには或程度まで知識を要求すると思った。

昨夜あれ程熱中してかいたものが、今まで自分の作の中で相当自信が持てるつもりでいたものが今日読みかえして見ると、非常につまらぬ平凡きわまりないものに思えてたまらなくなった。バルザックの〝隠れたる傑作〟外数篇を読んだ。すべての作品にぬけ穴があるが、中に二つ、〝ざくろの家〟と〝恐怖時代の一挿話〟は中々よいと思った。

ピノチオ第二章を読んだ。もどかしいことおびただしい。

日記中央部分の「今日読みかえして見ると」はいかにも興味深い。傑作を書いたとは思わないまでも、夜かいた原稿がある程度通用すると思い込んでいたのに翌朝になると木の葉に変わったか空気の抜けた風船に変わる不思議、その不思議体験を南吉もまた持っていると知らされることほど勇気づけられることはない。これこそ立場を忘れさせる名文である。

11

風刺をどのように考えていたか。そのことが昭和九年十月十七日の日記(メモ&日記)にある。風刺を『広辞苑』で引くと、遠まわしに社会・人物の欠陥や罪悪などを批判すること、とある。遠まわしは南吉の嫌うところとの思いで日記を読んでみた——。

日記　昭和九年十月十七日

風刺は悲劇の裏からいくもので、風刺でないところの真摯な方法以上に効果をあげうる場合があるという。いかにもそれに違いない。しかし私は効果の問題はそれとして、態度の問題を考えて見た。

私は風刺の態度を一人よがりの、思いあがった、卑怯な、嫌悪すべきものだと思う。少くとも、その人に、自分のスタンドポイントは間違っているかも知れないという気持、若しくは謙譲な心があったならば、どうして風刺などという態度がとれるものか。

1934.10.17――


スタンドポイントは立脚点あるいは寄って立つ立場とでもいえばいいだろうか。南吉の作品、評論に、ユーモア、機知はあっても風刺となるとどこにと首をかしげる。意識して使わなかったのだと気づかされる。聞いてわからない言葉、舌をかむような言葉を避けているのもわかるような気がする。南吉の気持ちがつかうことを許さなかったに違いない。

第3章　蹲《うずくま》る（昭和十二年―昭和十三年）

1

同人誌「チチノキ」（一九三五年三月）に発表されたエッセイ。蛍のランターンのランターンは、角型の手提げランプの別称。蛍が生きる証しのようにともすあかりをランターンに見立てた。

随筆　蛍のランターン

既成の概念をぶち破る一瞬が私にはもっとも尊いときのような気がする。必ずしも芸術作品を製作する場合についてのみいうのではないが。

或る種の人々は既成の概念を少しも疑わないで、物を見、物をきき、物をいってい
る。つまりはこの人達は自分以外のものに所属する眼と耳と口を以て見たりきいたり
喋舌ったりしているのであろう。

東京の市中をあてどもなく歩いていると、ひょっくり知らない町に現れることがあ
る。そこにも、子供達はまりを抛って遊び、チンドンヤは悲しい音楽をかなで、商店
は煙草や帽子を売っている。
「この町は私が今まで知らないでいたにも拘らず生活を営んで来ていたのだ」と私は
考える。「そして私がこの町のことを忘れてしまって、もはや想い起すことはなく
なっても、やはり営みは続けられていくであろう。すれば私とこの町との間につなが
りのあるのは、ただ現在という短い時に於てのみであろう」。そして私は考え続ける。
「私達は無限の闇の底をいく一匹の蛍であるにすぎない。私達のお尻にはそれぞれ一
箇のあかりがついている。しかしそれはあまりに小さいあかりである。木片が照しだ
されるときには、一歩先にある草の実はまだ照されていない。して又草の実が照しだ
されたときには、もはや一歩背後の木片は闇の中に没している」。

私が音楽をきくのは、それがただ単に好きだからというのではない。音楽をきいて
いると文学のことが考えられるからきくのである。私から汚い粕が落ちていって、私

の精神がすっきりと美しくなって、明瞭に文学のことが考えられるから好きなのである。

南吉が音楽に感じたと同じものを、南吉が発する言葉に感じないだろうか。「蛍のランターン」は人間が生きることの根源にある存在の前提とでも言うしかない何かに気づかせてくれる。一匹の蛍であるにすぎない。断定される心地よさが新たな発想に通じる。それにしても——東京の市中を——のくだりを読むと、南吉という人はつくづく寂しい方向で考える人だと思い、また南吉のその言葉を思い出すとそのとおりなんだよなと、同調する自分がいる。だが、南吉の感性が眠ったようになっていた我が感性を揺さぶったこともまた確かだと認めざるをえない。ランターンという異国の呼び名とともに。

2

——君も文学が好きだと聞いたから、友達になりたいと思って。

およそこんな言葉がけから友達づきあいが始まったと河合弘が書いている。同じ東京外国語学校（以下東京外語）に通う河合弘に初対面で南吉が声を掛けた。場所は、神田の一ツ橋にある学士会館の裏通り。学校は同じでも南吉は英語部文科、河合は仏語部文科でつながるところはない。河合にすればまさに唐突なというしかない出会いであったらしい。それを河合は道ばたに枯れ葉が散らばっていた時期と記憶した。南吉の日記に河合弘の名が初めて出るのは昭和十年三月十四日。南吉はこの日の日記にこう書いている。「河合は彼と僕が話しあった最初の時に、次のようなことをいった。〝僕と話をしていることは退屈じゃないかね〟」

　河合は南吉より二つ年下の早生まれ、出身は岐阜県大垣市、南吉が一年遅く入学したので卒業年は同じ昭和十一年三月。

書簡　河合弘宛

昨夜は眠れないままに芥川の「途上」と「犬と笛」と「疑惑」と「龍」及びラゲルレフの「地主の家の物語」を読んだ。それからまだ眠れないので童謡を一つひねった。このように眠れないというのは僕が何かの原因から興奮していたのだろうと思われる。しかし僕には興奮してもいいような原因は何もなかった。夕方、母の代りに台所で葱の皮をむくとき大変さみしかったが、そのようなことで僕は興奮するということはない。

僕は正直にいってもよいならば芥川という人の小説がますますつまらないことが解って来た。世間の人はこの人の描写が鋭いといって感心しているようである。しかし僕はその鋭さがとんでもない方向違いのところに浪費されているとしか思われない。この人は外部のトリビアリティばかりに神経をとがらしている。たまに内部に彼のペネトレイティングな眼をむけるかと思うと、まるで解剖学者のようにメスを手にもって、もののものしく分析ということをやり始め、それを研究論文のように発表する。彼はまるで小説というものを心得ていない。彼の手法は一つの作品の終の部分にでんぐり返しをするカラクリをしかけておく探偵小説作家の手法と同じである。世間の人はこういうものをやたらに喜んでいるらしい。何というわけのわからない人々であろう。

思いきりのことを書いてそれを読んで理解してくれる友達がいる。南吉はこんな読み方をした。こんなとは作者の名前で読まなかったこと。芥川龍之介という名前にもこだわっていない。作品次第、迎合しない読み方である。

ちなみに「途上」は確認できなかったが、「犬と猫」は大正八年一、二月の「赤い鳥」に発表、「疑惑」は大正八年七月の「中央公論」に発表されたもの。代表作「羅生門」は大正四年二十三歳の作品である。

東京外語時代、同時代の南吉を知る河合弘はそれが南吉を知っている者の役目であるかのように最晩年になって南吉を書いた。「友よ。」ではじまるその文章は予断も思い入れもない見たまま、感じたままの回想記になった。本は河合が昭和五十六年に急逝、解説のかたちで浜野卓也が協力し同五十八年に出版された。浜野は『校定新美南吉全集』全十二巻別巻二(大日本図書)が出るまでの最も信頼できる著作『新美南吉の世界』(新評論)を昭和四十八年に出しており、最適の助っ人となった。

3

原稿は依頼があって始まる。南吉もその例外ではない。『校定新美南吉全集』（第四巻）にある四十七篇の幼年童話のそれも、出版を前提とする巽聖歌の斡旋がきっかけとなっている。巽からの依頼は、昭和十年春というだけで詳しい経緯はわからない。それ以前の昭和七、八、九年に幼年童話を書かなかったわけではないが昭和十年五月に及ばない。

五月十三日に「ウマヤノ　ソバノ　ナタネ」、同十四日に「ヒロッタ　ラッパ」、同十五日に「デンデンムシノ　カナシミ」、同十七日に「ウグイスブエ　フケバ」同二十日に「タケノコ」「フルイ　バシャ」、と同二十一日に「ガチョウノ　タンジョウビ」、同二十五日に「カンザシ」、と五月二十五日までに八作品が生まれた。朗読会などで読まれるものも十年五月の作品と昭和十六年末から翌年二月の間に旧稿の片仮名書きから平仮名表記に書き直された童話が多い。

南吉の原文は片仮名で書かれているがここには平仮名でのせた。その根拠としては、一九三五年に片仮名で書かれた「ヒトツ　ノ　ヒ」が発表を前提に（一九四一年末～四二年二月推定）平仮名表記に改められていることを挙げたい。「ヒトツ　ノ　ヒ」は南吉の判断で平仮名の「ひとつの火」になった。「でんでんむしのかなしみ」は、五月に書かれた。

童話　でんでんむしのかなしみ

「あなたばかりじゃ　ありません。　わたしの　せなかにも　かなしみは　いっぱいです」

そこで　はじめの　でんでんむしは　また　べつの　おともだちの　ところへ　いきました。

こうして　おともだちを　じゅんじゅんに　たずねて　いきましたが、どの　ともだちも　おなじ　ことを　いうので　ありました。

とうとう　はじめの　でんでんむしは　きが　つきました。

「かなしみは　だれでも　もって　いるのだ。わたしばかりでは　ないのだ。わたしは　わたしの　かなしみを　こらえて　いかなきゃ　ならない」

そして、この　でんでんむしは　もう、なげくのを　やめたので　あります。

南吉の童話の中では「ごん狐」「手袋を買いに」と並ぶ知名度を持つ。しかしあるときまで誰も目をくれないただのみじかい童話でもあった。みじかすぎて誰もが見逃していた童話に光を当てたのは、皇后美智子さまである。平成十年（一九九八）九月にインドのニューデリーで開かれた国際児童図書評議会（第二十六回世界大会）において基調講演でとりあげられた。美智子さまは、「デンデンムシノカナシミ」を小さいときに聞いた話として紹介された。読んだのでも、教えられたのでもなく、耳からということだった。南吉が聞いたら、よろこびそうな入り方である。昔話の伝達そのものだ。

東京外語四年で書いたこの童話は、「アナタバカリジャ　アリマセン」の言葉とともに広く知られることになった。

4

前月に幼年童話をわかっているだけで八作をものした。書き終えた南吉を捜して日記をくってみた。

日記　昭和十年六月五日

自分が弱いくせに負けぎらいな奴、河合。

だから彼は自分が負けたと思うとこんな風にいう。

「ああ、僕も二三年前そんなことを考えたよ」

彼は負けぎらいなくせに、弱いものだから、いつも負かされているので、すねることがもう意向にさえなっている。そして自分一人を衆にすぐれたものだと思いこんで衆を侮辱し、嘲笑し、実に高慢である。

そして、自分には衆の持つような名誉心や虚栄心は更にないといった風に喋舌るのである。ところがそれが嘘である。彼は虚栄心を持っている。しかも実に低い虚栄心を。何故なら彼はよく次のように、何の連関なしにいうのだ。「ああ、昨日はアナトール・フランスを原文で何百頁読んだ」しかし勿論、彼はこれを衆のような口調でいいはしない。それは、衆を侮辱している手前、出来ないことだ。そこで孤高の士にのみ備わっているメランコリック口調ではき出すように、相手がどうとろうと勝手だといわんばかりにいうのである。

実にそれをきくと、「それが、どうしたんだい」といってやりたい位だ。


あいつの、くやしい時に口吻をつき出すくせがややうつったらしいぞ。これは気をつけなけりゃいかん。

因みに、不愉快なことは、まだ平川の口癖がどうしても一つ脱しきれないのだ。「失敬した」というあのいやな口癖が。


俺は人を容れる度量のない男かも知れない。俺は敵ばかりつくる、小さな男だろうか。

何故ならば俺の記憶にのぼってくる友人や女を又先生を俺は一人として憎まずに、又侮らずにはいないのだ。

六月五日の日記の全文である。五月に童話を連作した南吉の日記。違和感をいだきはしなかったか。

南吉はこの日の日記をどこまで書き進めて気づいたか。気づいたからこそ、――何故ならば以下を書かざるをえなくなった。二人は似たもの同士、「河合」とあるそれを「南吉」に差し替えても通用するだろう。むしろその方が実体に近いかも。だが、当人が書いた負けぎらいの定義はありがたい。下手な解説は付けずにすんだ。

南吉の人間っぽさでもあり、自身の性格を持てあます人間をのぞき見する瞬間を与えられたようでもある。

しかし宮柊二もいうように、こういう偏屈とでもいうしかない何かをもっていなければ物書きになれなかったのかもしれない。それにしても南吉は振り返らない男のようである。

5

創作は題が付いて始まるとは限らない。そんな無題の、名無しの権兵衛のような作品が本文一行目が、北側の、で始まる小説である。題が付いてないほどだから、執筆年月日（多くは文章の最後に入る。入れない作者も少なくない。南吉は入れる派。）はない。そのため執筆時期は、『校定新美南吉全集』の解題にある一九三五年九月以降・推定にしたがった。下限については原稿用紙の裏面が使用されているため何時とはいえない。小説書きを東京外語時代から意識していたことを考慮しこの場所に入れてみたが、あるいは4章でよかったのかもしれない。

小説　北側の

（前略）二円三十七銭の借金が元はただの三十銭であり、その三十銭も実は屑屋に売り払ってもせいぜい五銭にしかならない古洋燈であり、しかもその古洋燈はもともとくれてやるつもりのものだったということをすっかり忘れ、木之助爺はただ佐七が何度も無駄足をふませるということ、かつて利子を払った例しのないということに対し腹を立てたのである。

その佐七に今日の木之助爺は全然違った気持ちを抱いていた。愛してさえいた。どうしてかと云えば、木之助爺は死ぬ前に遺産の処置をしておかねばならなかった。彼は朝眼が醒めた時床の中でそれを考えた。遺産と云っても少しの家財道具と家屋敷と、百円程度の貯金、それに村の人々に貸してある金が合わせて百円程――それだけである。誰に残していこうか。身寄りのない木之助爺は結局それを他人にくれてやるより仕方なかった。爺は眼をつむって知っている限りの村人の顔を一つ一つ、首実検をするように瞼の裏に登場させた。それらの顔は殆んど不合格であった。何となく自分の財産をくれてやるにはふさわしくない顔ばかりだった。そして最後に取り残されたのが水車番の佐七とお菊後家であった。何という可笑しなことだろう。いつも腹を立てていた佐七と、村で木之助爺のことを一番悪くいうお菊後家とが最後に選ばれたとは。しかしじっくり瞼の裏に画いて考えて見るとその二人は何と輝きを増すことぞ。何とその魂は木之助の魂にふれて来ることぞ。そこで木之助爺は彼の遺産のうち、貸してある金をのぞいて、後を半分ずつ二人に与えることに肚をきめた。貸してある金はすべて棒引きにすることにして。遺書は朝の数時間を費して書かれた。それを佐七に渡すかたがた、最後の別れをしに木之助爺はこうして水車小屋にやって来たのである。

ここまで書いてどうして完成しなかったというのが率直な読後感である。『校定新美南吉全集』（第六巻）に入っている。十五作品を収めた六巻に無題は「北側の」一篇だけ、編集者も無題をならべた七巻に入れることをよしとしなかったということだ。四百字づめ原稿用紙の裏面に表面の枡目を生かして書かれている。全部で二十枚である。

南吉の人生を年譜で見れば、「ごん狐」「手袋を買いに」「でんでんむしの　かなしみ」を書いたその南吉が書きあぐねている姿などおよそ想像できないに違いない。早とちりの人は「ごん狐」一篇をもって作家誕生の太鼓を叩いている。だが、想像をたくましくして言えば、南吉はそんなところにいない。「ごん狐」にしがみついていない。

書かなければ書けるようにならない。南吉は無題「北側の」のなかに、自分の中の何を見たのだろうか。

6

昭和十一年（一九三六）は、二・二六事件勃発の年にあたる。南吉は東京外語を卒業し、東京で就職した。十月に喀血し、十一月に帰郷する変化の年。表題の「登っていった少年」の原稿用紙十枚の小品は、そんな渦中といっていい状況下で書かれている。『校定新美南吉全集』の編集部はこの小品に自伝的私小説というかんむりをつけた。読んでみても南吉の性分が出ている。

作品前半に登っていった少年杏平の紹介があるので引用する。

> 杏平はか細い肉体と鋭い感受性とを持っていた。彼は自分の中に、他の者とは別個の何物かが潜んでいることを感知していた。

か細い肉体と鋭い感受性、南吉その人を紹介する表現でこれ以上的確なものはないと思われる。さすがに、本人である。まちがいがない。それにしても「何物かが潜んで」の一行は重い。

童話　登っていった少年

夕方になると少年達もすべての遊びにあきてしまう。神社の前で遊び暮した少年達はもう家が恋しくなりかけていた。

その時誰かが火の見櫓にのぼることを提議した。この思いつきは意表外であった。少年達の胸に急に冒険心が湧いて来た。彼等は体が軽くなるのを感じた。

「よし、のぼろう!」

みんなは先を争って火の見櫓のはしごになっている鉄の棒に手をかけた。それから営々として興奮のためにものも云わない少年達は蟻のようにのぼっていった。あとから昇るものは鉄の横木がぬるぬるしていることによって、先にのぼってゆく者の手から油がにじんだことを知った。そしてその油がややもすると手をすべらすので、彼等は徐々に不安を覚え始めた。やぐらの中程まで登って来た時、大抵の少年は勇気が消えた。地球から離れることがそんなに恐ろしいものであることをしみじみ思い、はやく足の下に動ぎなき大地を感じたくなるのであった。彼等は下りていった。

杏平は一人でどんどんのぼっていった。のぼりえない者の感嘆の声が、下から彼をどんどん押しあげていった。杏平は恐怖を感じなかったわけではない。しかし杏平の中にある不思議な力がどんどん彼をひきあげてゆくのである。杏平は耳のところに風を感じた。片頬にてりつける落陽を感じた。自分の体が鉄塔ごと左右に大きくゆれているような錯覚も感じた。しかもなお彼はのぼっていくのであった。

杏平は日頃の優越感が確かめられたことを感じないわけにはいかなかった。高さの差が彼と他の少年等との価値の差のように思えるのであった。


書く材料は自分の中に求めるしかない。「登っていった少年」はそんな思いを強くする私小説である。材料をどうして得るか、どうやって書くことを見つけるか、そんなことは七十年後の文章教室でもさずけようもないことなのである。誰でも本が一冊書けるというそれが自身を材料にする自伝であることがその証拠である。主題だ。テーマだ。モチーフだ。などと理屈をこねているうちは書けない。南吉にあっても何をどう書くかは根本の問題であり、難問中の難問だったということしかない。その際、間違わないようにしたいのは、自分はとても書けないが南吉は別だと考えることではないか。南吉こそ読んで書いて書けるようになっていったのだから。ついでに言うなら、表題に「登」を使いながら本文で「昇」「のぼ」と書くなど表記の統一が意識されていない。だれしも一歩一歩なのである。

それにしても。南吉が「登っていった少年」の中で使っている「優越感」は気になる言葉のひとつだ。ひょっとすると南吉の言葉の中で「優越感」と「負けぎらい」は内心でセットになるほどの言葉なのかもしれない。

7

南吉は小さいもの弱いものを自分の仲間とした。小さいもの弱いものの側に立って書いた。それは南吉が強くなかったからではない。強い南吉だからこそ小さいもの弱いものに同調できた。その南吉が自身の好きなものを総動員するように書いたのが「木の祭り」である。執筆年月日、発表の経緯等はわからないが東京時代の作品で公表された数少ない一篇としてここにおいた。

童話　木の祭り

そこで羽に模様のある一番大きな蝶々を先にして、白いのや黄色いのや、枯れた木の葉みたいなのや、小さな小さな蜆《しじみ》みたいなのや、いろいろな蝶々が匂いの流れて来る方へひらひらと飛んで行きました。崖っぷちを上《のぼ》って麦畑を越えて、小川を渡って飛んで行きました。

ところが中で一番小さかった蜆蝶は羽があまり強くなかったので、小川のふちで休まなければなりませんでした。蜆蝶が小川のふちの水草の葉にとまってやすんでいますと、となりの葉の裏に見たことのない虫が一匹うつらうつらしていることに気がつきました。

「あなたは誰。」と蜆蝶がききました。

「蛍です。」とその虫は眼をさまして答えました。

「原っぱのまん中の木《き》さんのところでお祭がありますよ。あなたもいらっしゃい。」

と蜆蝶がさそいました。

「でも、私は夜の虫だから、みんなが仲間にしてくれないでしょう。」といいました。

蜆蝶は、

「そんなことはありません。」といって、いろいろすすめて、遂々《とうとう》蛍をつれていきました。


昭和十一年十一月十五日発行の武田雪夫編『幼稚園と家庭　毎日のお話』（育英書院）に所収、他に「お母さん達」「赤い蠟燭」（ともに南吉作品）の二篇も同書にある。

掲載の経緯が不明なのは残念であるが、与田準一を経由しての話であることが日記（昭和十二年十二月十五日）から知られる。

「木の祭り」には、木と蜆蝶と蛍が、「お母さん達」には、小鳥と牝牛と蛙が、「赤い蠟燭」には、猿と鹿と猪と兎と亀、さらに鼬と狸と狐まで登場させる。南吉のやさしさが出ていると定評があり、「木の祭り」「赤い蠟燭」は朗読会でもよく聴く出し物になっている。物語に出てくる動物たちがやさしさを連れてくる。蜆蝶が夜の虫である蛍を仲間にするその行為がやさしい。

物を言わなくともそこに小さな昼の虫の蜆蝶と夜の虫の蛍がいっしょにいるだけで場の雰囲気が変わる。どうしてこれほどやさしいのかと思い、その書き手である南吉を知ろうとする。やさしく書けるのは南吉本人がやさしい気持ちを持っているからである（厳しさ、冷たさを持っていないというわけではない）。南吉のやさしさは作り話で書けるような、やさしさとはちがう。自分のことしか考えない嘘つきには真似できない。

8

昭和十二年二月二十八日の日記、東京で世話になった巽聖歌が前触れもなく訪ねてきた。商用で大阪の帰りとのことで、名古屋で途中下車し岩滑まで足をはこんだ。聖歌が南吉をどのように見ていたかについて当の聖歌は書いていない。だが東京外語在学中の昭和九年に続き、卒業後就職するも十月に二度目の喀血し東京から戻った南吉を見舞うなどということは普通ではできない。聖歌の義侠心とでも言う他ない。巽聖歌はそれだけの役割を担った。同学の、あるいは北原白秋門につながる先輩としての役割というよりも編集者巽聖歌の目が南吉を捨てておけなかったのではなかったか。

日記　昭和十二年二月二十八日

昨日午後勝彦が入営するというので業葉神社まで送っていき、帰りに畑中の家に立ち寄り、雨の中をまたかがしまでいって六時近くに家に帰って来ると、店に巽が立っていたので夢かと驚いた。商用で大阪にゆきその帰りだという。

四方山の話をしたが彼は少しも変っていない。こちらの変りようが自分に気がつくばかり。

澄川が最近経理学校の方をくびになったらしく巽さんのところへ職のこと頼みに来ていたと。

弟の持って来た酒をつけ、すきやき、さしみなど家としてはせい一ぱいの御馳走をし、風呂は銭湯につれてゆき、十時頃離れの方で寝についた。いくばくも話さぬに疲れていたと見え彼は眠った。自分は眠れそうでいてなかなか眠れず、やっと零時すぎて眠った。

今朝は八時に起き、朝飯すまして半田までぶらぶらと歩きがてら、数枚写真をとっていき、十一時二十五分の省線で名古屋へ立っていった。

銭湯まで雨の中を送っていって一人で先に帰る時、自分の今の悲しみを告げようか告げまいかと思い迷ったが、人の悲しみなどききたくもあるまい、またきいて貰ったとて致し方ないものをと思い告げないことにきめた。

小説を書いた話をしたが、見せろといわれなかったので寂しかった。

又別れる時、早くよくなって東京に来いと云って貰へないのが寂しかった。

別れて帰るとき心の中に穴があいたように哀しかった。自分のいるこのみすぼらしい土地が見るも哀れなところに見え、ここに朽ちはてねばならぬ自分の命を悲しめども悲しみ足らぬ思いがした。

住吉の森の東まで来たとき足につかれを覚えた。そこの松の根方で彼は東の方を向いて写真を一枚とったのだった。

編集者聖歌のひと言に救われたい南吉の願いが通じることもなく、己の現況を身に染みて感じたどん底の日の日記である。

寂しかった。寂しかった。哀しかった。と、たたみかけるように己の心境を吐露するが、妙に文学的だと思わないか。どん底にいてさえ言葉を選ぶ南吉がいる。

9

往還に面した家で畳を作る父多蔵、その妻で下駄・足袋を仕入れて売ったのが南吉から見れば継母にあたる志んであった。田んぼは借りて自家用米をとる程度、山林は持たなかった。本家から分家して出た新家の息子が中学に進学し、東京の官立の学校にいった。それは当時において当り前などといえるものでなく大そうな、と言っていいことだった。多蔵の生年は明治十七年、妻志んは同二十一年、四つ違いの夫婦だった。

志んと南吉がある日映画をたのしんだ。継母といっしょに出かけたという話題だけでも温かい。父親はどうした？　家にのこった。これがもし、親子三人で映画を見たとなれば、むしろそちらの方が日記に書かれたはずだ。時は、昭和十二年、家族で外食の習いもなければ、用もなく歩く人のいない時代のことである。

日記　昭和十二年六月七日

土曜日、母をつれてキネマへ大坂夏の陣を見にいった。

父はまだ畑にいた。僕等は六時の電車でいくことになっていた。お客さんがあったので僕が相手していると、母は一ぜん食べた。そしてはやくはやくとせきたてた。やっぱり母も遊ぶことは好きなんだなと変に安神《ママ》した。

僕が飯を食べてあがって来ると奥の間にナフタリンが一ぱいちらかっていて、その匂いが臭覚の鈍い僕の鼻までついた。これらのナフタリンは母のよそ行きの着物の中に入れてあったのである。ナフタリンの匂いのする着物は何かよいことがあるときにしか僕の家ではきられなかったので、僕の鼻は今でもナフタリンの匂いを幸福の匂いと思っている。

隣の家の人の眼を憚って、母が一足さきに停留場にいった。母は他所に出るとき人目に立つことをひどく恐れるのである。

僕が停留場にいくと母は知り合いの女の人と話していたが、足袋をはいていない素足の荒れが目立ち、洋傘をかかへこんでいるようすが、とても活動写真など見にゆく様に見えない。百姓家のおかみさんが、眼医者か歯医者へでもいくと云った有様である。悲しいようで滑けいだ。改札口に来ると母はすばやく財布を出して二人の入場料を払った。僕がおごってやると云って出て来たのに。

うまい工合に席はあった。僕は母の理解を助けるため要所要所でそれとなく説明してやった。「この男とあの女がなじみだな。」母はよく理解した。可笑しいところでは人なみに笑った。僕は人中で直気持ちが悪くなる母の体を気付かったが、別に顔色も悪くならなかったので安神した。

十時になった時、今いけば終電車に間にあうがといったら、直たって外に出た。映画はまだ終ってはいなかった。あれでどうなるだや、と母は外に出たときいた。映画に興味を持って見ていた証拠だ。僕は嬉しかった。

翌日母はいつもの場所で針仕事をしながら昨日見た映画を終日反すうしていた。

父が一ぷくしに来るとすぐその話をした。

――徳川というやつは腹の悪い奴だんな。

――そうさ、と父はあっさり受けていう。天下を取るような奴はみんな悪い奴だ。

昔の戦争ってあんなもんだっただな――と母は又云う。そや今の戦争でもおなじだろうが、下の者は血を流いてひっくみあって大さわぎをしておるに、大将達は危くないところでのんきにしておるだいな。ふんとに。まあ蜜蜂だな。わしあそう思って見ておったが、まああや蜜蜂さ。

――お父つぁん、と又母は云う。徳川さんがのい戦場で風呂にはいるだがのい。おらがの風呂みたいな桶だんな。

日記は日常の出来事も書く。そんな日記本来の書き方が見てとれる。南吉が日記を書いた曜日は火曜、母とキネマに行ったのは前の週の土曜日、なぜその日の日記はその日にとは問わないが、結果として映画を観に行ったような日記になった。日記を読み終えるとまるでカメラのレンズで南吉の家を俯瞰した気分を与えられる。昭和十二年（一九三七）六月、愛知県の知多半島の一角にある半田市岩滑の往還に面した家で家族三人がこんな時間をもって暮らしていた。日常の平和な時間は物語になりにくい、南吉はそんなとるに足りない場面に土地の言葉を加え母子の物語にして見せた。

知多郡河和第一尋常高等小学校の代用教員のころにあたる。安神は安心である。

10

「空気ポンプ」は、自転車屋の留守をたのまれた少年二人がただの留守番（店番ではない）なのにやって来た客のパンクを直し、空気ポンプをこわしたと思い込み気をもむ物語。当時の自転車屋は町の一等地に店を構える時代の花形といっていい商売。その店を日なが観察しパンク修理までやってのけてしまう少年正九郎と加平。

人間でも動物でも口のあるものに何かしゃべらせなければ物語にはならない。南吉はそうした人物に久助を持ってきてしゃべらせた。ここで紹介する「空気ポンプ」は、久助という名前こそ登場しないがそのやりとりは久助もののもととされる。正九郎という少年が物語をひっぱってゆくが、これが後の久助にあたる。

童話　空気ポンプ

やれやれ！　何も知らないお客さんが、十銭玉を加平の手に握らせて、自転車にのっていってしまうと、二人はポンプの破損という大きな壁のような罪に面と向わねばならなかった。不幸というものはこんな工合にやって来るものだということを二人は今更のように感じた。

「俺知らんじゃ」と加平が云った。

加平はやっぱり他人である。正九郎は泣き出したくなってしまった。でも泣いたとてどうにもならないと彼が考えた程、その罪は大きなものに思えた。それは石のようにのしかかって来て彼の心を抑えつけた。騎馬戦の馬になっていて、大勢の下敷きになった時みたいな苦しい圧迫感が鳩尾のあたりに感ぜられた。

つかえずにどんどん読める、読めるというたったそれだけのことが書き手の側に回るとどれほどむずかしいか。『校定新美南吉全集』の解題では少年の心理を掘りさげた「久助君もの」のはしりと位置づけている。

ここで使われる「泣いたとて」は南吉の物語に、それも大事なところで用いられる。自身の心の深い部分にある南吉の思いそのままを文字にしたような言葉と見なすことができる。「やっぱり他人」も心にある言葉である。

空気の減った自転車で坂道をのぼるような気分にさせる作品が「空気ポンプ」、四百字づめ原稿用紙十八枚。南吉二十三歳の作品である。

11

強気の南吉が足を向けて寝られないのが遠藤慎一先生である。山形市出身である。山形というと岩手出身の巽聖歌と宮沢賢治を思い出す。東北人の根にある人間のやさしさが南吉を押し上げたような気がしてならない。それにしてもなんという口のきき方だろう。若いということはこういうことだと承知しつつ南吉の口のきき方は許せない。前後して恐縮だが、ここで、古い日記を紹介しておきたい。遠藤と南吉、二人の関わりが知れると思う。

日記　昭和八年七月二十六日

遠藤先生が宿直で学校にいるので学校へ行った。そして昨夜話せなかった事をすっかり話してきた。仲々話せると思うけれど、まだ世間的の苦労をしていないだけに、自分一人の考えを固守するくせがある様だ。帝大出の人に特有なうちとけがたい木みたいなものを持っている。（『新美南吉・青春日記』一三六頁）

遠藤先生とは半田中学校の英語教師・遠藤慎一をいう。巽聖歌とともに南吉の面倒をみたということでいえば、その双璧といっていい人物である。南吉を顕彰する「たき火の会」は昭和四十一年（一九六六）発会、会員十九名の中には当時中日新聞編集局の渡辺正男の他、ごん狐の中山の殿さまにつながる中山文夫のほか伊藤照、後藤順一、桑原幹根がいた。会報「聖火」六号に渡辺正男が遠藤から聞き書きをした文章〈南吉を語る〉があるので引用したい。南吉が女学校に来る道をつくった遠藤慎一がわかり、遠藤から見た南吉の人となりがわかる。

私の話を理解していただくには私のこともしっていただくとよいと思います。

私は明治三十五年十二月二十五日山形市に生まれ、山形高校から東大の英文科に進んで昭和三年に卒業しました。学生時代に胸部疾患をやり、寒い郷里に帰るとまた病気に悪いというので豊橋在住の知人のつてで半田中学に就職しました。

すぐに寄宿舎の舎監になりました。その後六年一月に家内の幸子と結婚しました。家も柊町（現半田市柊町）の山の中に移転しましたがそのころから新美君がよく遊びにきたわけです。見はらしのよいところで高いところに建っているので、半田の町から三河の海が一望のもとに見える所でした。

その後半田口の近くにひっこして新美君のところとは前にお話した通りごく近くになりました。昭和十五年九月に西尾女学校の校長となり（中略）数多い生徒の中でふりかえって見て、新美君ほど近しく、親しくしてきた生徒はありません。教えていてまた卒業後つきあっていて彼ほどせん細な感情と神経を持ち、頭のよい生徒もいませんでした。

先の日記から四年後、昭和十二年二月二十三日の日記（部分）である。南吉の心情がでている。

なお昨日の夕方先生は愛子ちゃんをつれられてお宮さまに参るとて（それも恐らく僕を見まうための口実だったのだろう）立ち寄られて、寂しい時はいつでも遊びに来いと親切に言って下さった。たといその人がこちらの苦しみや心境を理解していてくれないにしても、従ってその人の言ってくれる言葉がわれわれの苦しみの根本にまでふれてくれないにしても、その人の真心から出る言葉は我々の心を春の慈雨のように打つものだ。

12

どんな出来事が運命を変えるかわからない。そんな日の日記である。九月から勤めた杉治商《すぎじ》会の農場に恩師の遠藤慎一夫妻が様子を見に来た。日記全文である。日記全体は四つのかたまりからなるが肝心なのは後ろ二つ、なかでも最後が肝心かなめである。

日記　昭和十二年十月四日

七面鳥は上品な、だが執拗な喧嘩をやる。彼女達は体を近づけていて相手の鼻の上の紐のような垂れ肉をくわえようと努力する。そして一たんくわえると金輪際はなそうとしない。ひっぱるのでもなければ、ふりちぎろうとするのでもない。ただじっとくわえているのである。他の七面鳥達が周囲にやって来てケロロ、ケロロとなきたてるが、くわえている方は頑としてきかない。これは優美な、昔の官女達の間にでも見られたような、闘争の形式である。

×

昨日松本君がたずねて来た。

いつまでも土くさい情熱を持った、誇張癖の強い芸術家。鑑賞眼が低くて芸術、文学に関する話も興がのらぬ。いつもの癖で、口角に泡がたまるのをうらさびしく退屈して見ているばかり。

×

松本君を送って帰ってくると遠藤先生夫婦が鶏舎の金網の前で待っていられた。遠藤先生は義理をとおすのが主な理由で、それに性来の好奇心も手伝って来られたのだが、夫のいうとおりになる奥さんは、何となしに、夫のいうがままについて来たのである。そこですっかりくたびれてしまって、鳥も羊も見る元気がなくべったり腰を落したままだった。

×

本当に困ってしまって、もうどうにもならない話をされると話される方でも困ってしまうものである。

×

南吉に限らない、人は三つの顔を持つという。一つの顔は誰でも持っている変哲のないただの顔、二の顔は家族兄弟に見せる顔、三の顔は家族にもだれにも見せない秘密の顔である。本来なら切り捨てる日記の一と二を含めて引用したのは、そこに南吉の計算を見るからである。事実というものがいかに曖昧なものか。後にこの日の出来事を遠藤慎一が語らなければ、また語っても記録するものがなければ永遠に日の目を見ることはなかった南吉の心情である。姿である。困っているのは遠藤も同様である。
当事者南吉がどうしても見せたくなかった南吉の三の顔がこれ。

ただでさえやせている新美君が毎日たくあんと梅ぼしばかりの生活でと、げっそりほほもこけてしまっているのにはこちらも涙をもよおすしまつでした。新美君も泣いて話も制限時間があるといってゆっくりできず、後ろ髪をひかれる思いでした。

勤めはじめて一カ月、杉治商会の三十六万坪の農場（半田市信光寺谷）では文学と隔絶した日常が待っていた。南吉にすればそのいちばん見られたくないそこに突然恩師が来て変わり果てた姿を見られた。見せたくない姿を見られた。
それにしても東京時代の仕事ぶりはどうだったという疑問が残る。ただ東京での経験は周囲に学生時代と変わらない友人知人がいた。また南吉もつきあいのできる範囲で仕事を決めた。今度の、杉治商会は本当の一人である。一人になっておまけに寮生活。そういう時の書きたくない日の日記だったのである。

13

南吉は住む世界を変える浮遊感を味わった。住む世界を変えれば周囲の状況がまるごと変わる。杉治《すぎじ》にいつまでいたか、杉治に関わる一切は消えた感すらある。教員採用が決定し、新しい世界へのスイッチが入ったそのことだけは書き忘れなかった。昭和十三年（一九三八）三月六日の日記である。

佐治先生が遠藤先生の宅に参られ、僕を呼んで今日やっと県の方の話がついたと言われた。

遠藤慎一夫婦が農場に南吉を訪ねてからこの三月六日まで転職のことは日記にない。風のたよりでは一月中旬に杉治をやめているとのこと。巽聖歌が「ことを書かない南吉」と評したがまさに額面どおりということか。

ここに引いたのはそのわずか九日後の南吉の姿である。十五日の日記は長いのでなかごろ部分を紹介したい。

日記　昭和十三年三月十五日

自動車で広小路を走っていく時、自分は通俗小説の主人公達のするような行為が身にそぐわない気がした。かりそめのことのような気がした。乞食が或る日王様のきらびやかな衣裳を借りて身に着けた様な気がした。

富士アイスで見せられた三十円ばかりがこうしてパッパッと費されていくのだが、その三十円という金はこれから自分が教員になったとて、月給の約半分であって、それを得るためには半月も労働をしなければならないものであることを思うと、さっさと自動車を下りてしまいたい位であった。にも拘らず自分は自動車の心よい感覚に身をゆだね、まるで当然のことのようにゆったりしていた。

ドンという茶店で夏に別れた。それから大須の人込みを少し歩き八時頃になったので奥まった料理店にいって二人で野菜鍋をたべそこに十時半頃までいた。二人で二本の酒がのまれたが、僕は少し、あれは沢山めしあがった。にも拘らず僕が酔い、あれは酔わなかった。僕は快くて相好をくずしていることが自分にも解った。そして他愛ない言葉が泡の様にブツブツと出た。

どうかした拍子にバットの火を僕の手に押しあてて小さい火傷をつくったので、僕の方でも白い手の甲の指の付根のところに火を押しあててやったが、一向平気でいるので、尚も押しつけてやると、更に冷静なのでこちらが気味悪くなってやめたが、ずっと後であれは熱いのを怺えていたのだなと解った。何故そんなことをしたか知っているかと聞くので、何故だと訊くと可愛から、というので、止せというとそれじゃ憎いからよと言った。そしてはっきり言って悪かったわねとわざとエゲツなく付け足した。

自分はもうその事に触れなかった。もっと考えねばならないことが沢山あると思ったからだった。

河合のところへ二人で寄せ書をして出した。

料理は四円なにがしでチップを一円与えていた。

熱田発十一時十六分のガソリンで帰った。

この日、南吉は中山ちゑ・夏姉妹と名古屋にある姉妹のいとこの喫茶店ドンに行く。野菜鍋を食べた相手は中山ちゑ、中山は「ごん狐」の中山さまにつながる家、姉の女医中山ちゑで南吉が結婚を考えた相手でもある。ちゑに惹かれ惑わされている南吉が見てとれる。杉治商会での寮生活などまるでなかったかのような高揚ぶりである。

14

紹介するのは「安城高女学報」昭和十三年度第一学期に掲載された南吉の挨拶「私の世界」である。学報は四頁立て、学期ごとに年三回発行。南吉は昭和十三年度第三学期号から、編集兼発行者を務めた。戦争の激化に伴い昭和十六年度発行から二頁立てで十七年度第二学期まで発行。

「私の世界」は、南吉の「心の世界」の展開図とでもいったもの。

新任挨拶　私の世界

万人が万人、武井武雄のように形の上に現れた世界を持っていはしないが、併し心の中にそれぞれの世界を造ってはいないだろうか。造っているとして、私は自分の心の中をしらべて見よう。私の心の世界にどんな家があり、どんな部屋部屋があり、どんな灯がさし、どんな家具がならんでいるか。

私の世界にはいって来ると先ずあなた方はシャルル・ルー・フィリップという門をくぐらねばならない。フィリップというのは何のことだろう。あなた方は恐らく誰もフィリップのことをご存知あるまい。さてさて私はどう説明していいのか。ものの本には一八七四年、フランスの田舎の或る小さい町で、木靴造りの子供として生れたと書いてある。フィリップは貧しい子供で、貧しい人々の間で育った。そしてそれらの人々を終生忘れることが出来なかった。私達がフィリップの書いた本を読むとそういう人達ばかりに行きあう。彼はやさしい心をもってそれらの人々の出来事を記してやっている。「ごらん下さいこれらの貧しい無知な人々は、ナポレオンやビスマークのように偉大ではありません。しかしこれらの人々の生命もまたナポレオンやビスマークのそれに劣らず尊いのです」といっているように。私はフィリップのことを考え出すと限りがない。好きで好きでたまらないから、いつまで、考えていてもいやにならない。だがみんなが私のような具合ではあるまい。

次にあなた方はアンデルセンという扉を叩かねばならない。フィリップを知らない人でもアンデルセンは知っている。可哀そうな人魚の話や三粒の豆の話を書いたアンデルセンもデンマークのフェーネンという島でやはり靴屋を父に生れたそうである。アンデルセンも非常に好きだから、もっと詳しく話していたいけれど、それでは家の中へはいって様々の家具を見て貰うまでに草臥れてしまう。アンデルセンの扉を押してはいると、そこにはいろんな家具装飾品がならんでいる。私はもうただそれらの名を挙げるにとどめておこう。

南吉の女学校向挨拶文は長いものになった。新任の挨拶文は四頁めと決まっていた。しかしこの年昭和十三年一学期号「安城高女学報」は南吉の書いた原稿だけで四頁めが埋まった。四百字づめ原稿用紙で九枚を書いた。

童画家、武井武雄（一八九四―一九八三）の家を紹介する要領で南吉が描き出したのは「南吉のこころの世界」の住人たちだった。アンデルセンとフィリップはそれでもいささか詳しく、あとは順不同で紹介した。人数が五、六人ならともかく三十一人、それも国籍の違う人となると簡単にというわけにもゆかない。アンデルセンとフィリップのようにひと部屋をあてがわれなかった面々といってもあなどることができない。その人たちの名前を挙げないことには話を前に進めることもできないので次に簡略化して掲載順に挙げる。

チェーホフ。ゴーゴリ。バトライイエーツ。トルストイ。マンスフィールド。宇野浩二。ルナール。アナトール・フランス。ハドソン。ラゲルロフ。井原西鶴。狂言作者達。ドストエフスキイ。ゴーリキイ。牧野信一。ソログープ。井伏鱒二。ピヨルソン。マーテルリング。ドオテ。ヒエラン。シャガール。マチス。モジリアニ。梅原瀧三郎。中川一政。小杉放庵。セザンヌ。ショパン。シューベルト。ストランウイスキ。

順番にどんな意味がこめられているかはわからない。ただあえていえば浮世草子・浄瑠璃作者で俳人の西鶴のあと、名前なしで狂言作者達と無雑作に書いてあるのを見ると考えさせられる。四年先の南吉の日記にその流れをくんだ斎藤緑雨の名前が出るためである。戯作者緑雨は、洒落本・滑稽本・黄表紙・合巻読本・人情本を書いた作家のはしりのような人物。

それにしても心にある人が三十一名とはとため息が聞こえてきそうだが、それはまだ一部であるので念のため。

これが新任の挨拶？　教師の服の下は、もちろん物書きである。

15

昭和十一年十月九日喀血、翌月の十一月に帰郷して二年、巽聖歌との音信は、同十三年五月二十一日の葉書いらい途絶えていた。五月二十一日の葉書は四年生の修学旅行の折に立ち寄った礼状だった。
　四月に就職して五カ月後、南吉は無沙汰をわびる手紙を巽聖歌に送っている。手紙のなかの奥さんは画家・中川一政に師事する野村千春、巽とともに病気の南吉の世話をした人である。

　書簡　巽聖歌宛

秋になりました　お変りありませんか
永い間御無沙汰してしまいました
昨夜母が巽さんから近頃少しも便りがないが、お前は出しているのか、あの方だけは別だから、御恩になっているのだからといったので本当にそうだったと自分の忘れっぽいのに驚きました
玖彦君や奥さんもお丈夫ですか　奥さん絵に御勉強のことと存じます　もう二科も蓋があいたか、あくかそんな様子ですね。雑誌なんか見ていると戦争ものの写真がちょいちょい見られますきっと今年は事変色でにぎやかなことと思われます
（中略）
父も母も丈夫です。母は大分弱りました。この夏家の一部分を普請しました時、あまり気をつかったので　それが彼女の衰弱をたすけたように思えました。
（中略）

弟の奴も長い間丈夫でいましたが十日程前ちょっとした腫物が腹に出来たので手術して貰い今まだ家で遊んでいます。心配するほどの事はありません。

僕も好調です。

僕の結婚はまだです。いつになるかまだ見当がつきません、僕は早い方がいいと思うのですが彼女はあまり気をもんでいないようです

では

新美正八

巽様

九月二十二日、二学期の秋に母にうながされて書いた手紙が運命をどのように変えてゆくか、この手紙は人生の岐路というその時の手紙だったような気がする。文面からは、南吉の家の家族のありようから巽聖歌と南吉のむすびつきの深さまでがうかがわれる。まさに無沙汰をわびる近況報告そのものである。気がかりというより不思議なのは「安城高女学報」（昭和十三年度第一学期）で見せた文学への傾倒ぶりが手紙のどこにも見当たらないことである。巽につながる割符というべき文学の匂いが消えたことである。

この手紙に対して巽聖歌がどのような対応をとったかは知られていないし、巽もとりたてて

いっていない。だが、手紙の六日後、九月二十八日に南吉は八篇もの詩を創作している。「薔薇の」「朝は」「曇日」「花」「そこにかがんで」「秋陽」「落葉」「硝子ノ歪ミ」。いずれも女学校で詠まれた詩である。

巽にはげまされての創作であった気もするがそれはわからない。

16

南吉の日記の書き方は何度も変わっている。覚えのためでなく物書きになるための土俵が日記だとすれば別に不思議でもない。生涯で幾度か書き方を変え、書く分量を変えた南吉がようやく見つけた「日記を書く方法」がこれであった。

日記　昭和十三年十二月二十九日

この日記（この前の一冊から始まる）は、最近二年間、間歇的に記していきながらいつか発見した意義とは別の意味を持っている。あれは丁度ルナールの日記のようなものだった。ルナールの日記を見るとそれは一個の人間の日々の記録というより、寧ろ作家の観察や思いつきや幻想や、つまり後日文学的労作をなす上で役立つものに対する備忘録だという気がする。私の以前の日記も殆んどそういう意図のもとにかかれていた。

しかし今私が書いているこの日記はそれとは違う意図によって支配されている。それはしばらく筆を休んでいた後一月程前から再びつけ始めて、間もなく発見したところの新しい意義である。というのは、他でも作家になろうというような野心のない平凡な人のつける日記がもつそれなのである。

(中略)

私はこの日記を書く方法も同時に発見した。それは四月以来私が作文の指導をして来た生徒達が逆に私に教えてくれたものだ。叙事文の精神——あったままのことを出来るだけ明細に飾らずに書きなさいという、あの言葉が私の方へ逆輸入されて来たわけだ。今私はこの方法が唯一無二のものとは思わぬが、平凡な人々には安神して使用することの出来る、そして平凡人のみのものでなく天才でさえもこのそれによって高い芸術境に到りうる——そういうすぐれた方法であることをはっきり知った。

この日記のため私は毎日非常に多くの時間をとられる。床にはいってからの殆んど一時間をそのために費やし、しかも腕がくたぶれ、うつぶせになっている胸が壓迫で苦しくなり遂に筆を投じなければならなくなってもまだ記すべき事が残っており、それが三日も四日もたまって日曜日などにどっさり借金を返さねばならぬこともある。時に私は何も有意義な、積極的な仕事をしていない私の灰色の生活で、この日記をつけることが唯一の何等かの、他に働きかけるところの力を持っている、つまり社会に出て何等かの価値を有している仕事のように錯覚することさえある位だ。だが無論そんな価値はあるまい。またなくともよい。ただ私にとって嬉しいことは、これを記す時間が非常に楽しいということと、時々読み返して見てこの馬鹿ていねいな記録法が間違ってはいないということを自覚する瞬間のあることである。私はこれから先、何年間でも生きている限り一日も欠かさずこの方法でこの日記をつづけてゆきたい。それには私は健康であることが必要だ。私は健康をうしなうと精神がいしゅくして物を書く力がなくなる。物を観察する興味が消えてしまう。物を愛する魂がつぶれてしまう。

長い日記を読まされた。読者にはそんな思いが頭をかすめたのではないか。長い日記に意義を見出した南吉がこころ覚えにまとめた日記の書き方変更の顚末の一切である。あとにも先にも日記の意図をこれほど詳しく書いたものはない。

この日記は暮れの二十九日に書かれている。秋口に見つけた日記のつけ方、その手応えを確かめた上での覚えがこの日の日記になる。物書きになるための修業の場としてきた日記の書き方の変更は南吉にとって作戦の変更にもあたる重大事である。それを変えた。しかもその理由を南吉はこう書く。「四月以来私が作文の指導をして来た生徒達が逆に私に教えてくれた」と。叙事文の精神などと固い言葉を持ち出されると緊張ばかりが先に立つが要は南吉が生徒に言い古した「見たまま感じたまま」そのものだった。

腹を決めて物を見、そこから感じ取ったそれを書く。量をノルマとする。その苦しさは南吉が日記の後半に書いている。
毎日が苦役、その変革が女学校赴任一年目の末になされた。

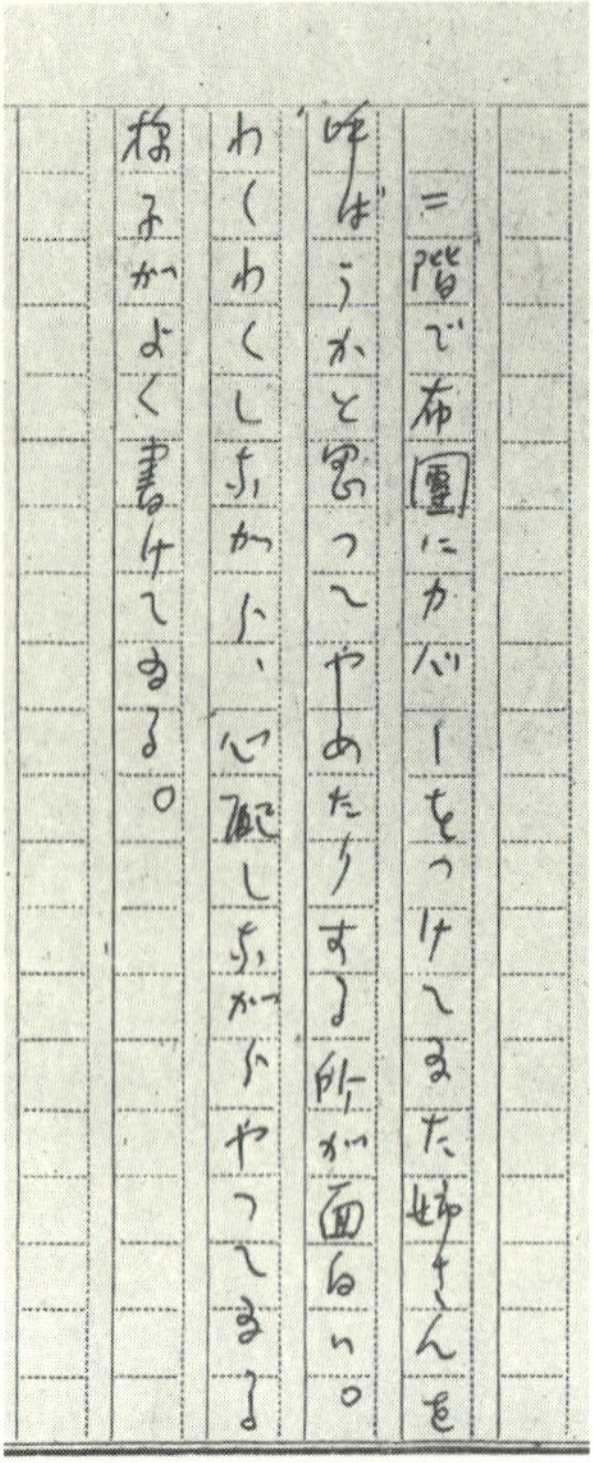
二階で布團にカバーをつけてゐた姉さんを
呼ばうかと思つてやあたりする所が面白い。
わくわくしながら、心配しながらやつてゐる
様子がよく書けてゐる。

南吉が書いた生徒の作文評
（中村とめ子氏提供）

第４章　希望《のぞみ》の泉

（昭和十四年―昭和十六年）

１

南吉は才能があった、特別な力があって書けた。そう思い込まされている人が意外に多い。かつての私もそうだった。十八歳で「ごん狐」、二十歳で「手袋を買いに」などと畳み込まれると自分をまげて、そう思うより仕方なかった。まさか小学校の頃から、物書き（表現者）をめざしていたなど夢想することもできなかった。たしかに南吉には人より優れた才能と感受性が備わっていたに違いないが、それで間に合うのは学校の作文程度であるはず。どんな努力をしたのか。どうやって書けるようになったのか。南吉は同じ文学をこころざす井伏鱒二の見えない努力に出会った。

日記　昭和十四年一月四日

日進堂《ママ》によったら頼んでおいた井伏鱒二の陋巷《ろうこう》の歌が来ていた。

（中略）

夜陋巷の歌を読んだ。やはりうまいと思った。殆んど巻をおかせず、次から次と読ませた。日本語の〝ユーモア〟が持つ概念ではなく、英語の〝humour〟のそれに該当するものだと思った。掏摸の桟三郎という短編の中でその中の〝私〟なる人物が早大の文科にいた頃貧しい人々とともに生活しなきゃいけないと思って、そういう家に下宿し、そこでチェーホフやトルストイを勉強したということが書いてあったが、それは井伏鱒二の作家修業の実際だったに違いないと思い、チェーホフやトルストイを選び勉強したということがうれしかった。

この人の筆にのるとどんなつまらぬものもこともみな詩を帯びて来る。単純なリアルな書き方である。私もリアルな見方というものを生徒にもすすめ自分にもここ一二年来まなんで来たが、この人の文を見るとまだまだだと思う。私にはまだセンチメンタルだった時代の通俗的に美しいものの又象徴的なものをともするとと選ぼうとする傾向がある。日記も自分ではこれ以上リアルには書けぬと思っていながら、この人の文を読んでいて、ふり返って見るとまだ一枚はがなければならないと思わさせられる。どんなものにも詩はある。ランプや薔薇ばかりが詩を専有しているのじゃない。流転とか寂家という言葉ばかりが詩を独専しているのじゃない。いかなる事物にも、いかなる俗語にもそれはあるのだ。要は見方、使い方一つだ、と思った。

南吉が「私の世界」でも名前を挙げた作家・井伏鱒二が学生時代に自分と同じ本を読んでいた。チェーホフ、トルストイを読んでいた。作家修業という地図のない道を往く者にとって、あこがれの作家が自分と同じ本を読んでいたと知れるほど大きなよろこびはない。胸が高鳴る程うれしかったはずだ。一人旅でないことが知れたのだから。あの本心を見せない南吉がうれしかったと正直に書いている。

南吉が井伏鱒二の本を取り寄せて読んでいた、それだけの話題にとどまるなら、あ、そうかでもかたづく。だが、話がそこ止まりにならず井伏鱒二もまた南吉同様ルイ・フィリップを愛読していたという一項が加わるとたんに様相が違ってくる。南吉にはひとりで黙々と書いている印象がある。孤独のイメージがある。そんな南吉が井伏とばかりか井伏と重なる形でルイ・フィリップとつながっていた。

井伏がフィリップを愛読と記したのは河盛好蔵。自身の著書『井伏鱒二随聞』で触れている。河盛はそこで井伏文学の読み方にも言及する。その指摘はただ井伏にとどまらず、どう読むかが見えていない南吉作品にも通じる部分を含んでいる。部分だが引いておきたい。

しかし氏の作品を抽象的もしくは概念的な言葉で解説することはほとんど不可能な

のである。そのような試みを氏の作品は一切拒否している。私たちのなしうることは、氏の個々の作品を取りあげて、それを隅隅まで丁寧に味わい、その苦心の跡を辿り、その面白さを自分自身で会得する以外にはない。（『井伏鱒二随聞』二〇〇―二〇一頁）

思いあたることはないだろうか。面白さの質が共通するといえないだろうか。筆者は読み方の方法を教えられた気がしている。

このとき南吉二十五歳、井伏四十歳。南吉が女学校の往き帰りに通る日新堂にたのんだ『陋巷の唄』の発行日は昭和十三年十月、出版されたことを知ってすぐたのんだことがわかる。

2

季節の変化を思わせるような日記である。このあと生徒の創作した詩にうながされるように詩集の発行をはじめる。一学年一クラスの担任がそのまま持ち上がりになったこともさいわいした。

日記　昭和十四年一月十八日

岡田久江さんの家から靴を買った。ローダーという革だそうでチョコレート色をしていて手触りがふっくらしていてよい。人の肌のようだ。十八円というのを十七円五十銭にまけて貰った。給料日に互助会から借りて払うつもりである。

近頃物をたのしむ心持ちがよくわかって来た。今まで僕の楽しみは文学だけ、ねてもさめても文学のこと、詩のことを考えていたが、近頃そうではなくなった。何にでも楽しみがあることがわかった。一つの物を手に入れたら、大いにひっくりかえしたり、横から見たり、なでて見たり、出来るならなめて見たりしなければいけない。楽しみはこんこんと湧いてくるのだ。またそれが一層文学的だとも思うのである。今夜は宿直だったが、夜ねるときには、職員室においといて盗られては大変だと思ったので、オーバーとともに宿直室に持ちこみ枕頭においてねた。

下りきて
馬車を
見たりけり
馬車の
なつかしさ
南吉の画と筆　画帖『六根晴天』より
（安城市歴史博物館所蔵）

日記から感じるのは新しい年を迎えたすがすがしさというよりも、こりかたまったように、あるいは唯一絶対の価値と信じてきた文学と一定の距離をおく南吉の姿である。離れて見ると逆に見えてくるものがある。そんな変化をうながしたのが女学校に住込みでいる小使い夫婦の生活である。南吉が今までとはべつの方角から吹く、新しい風に気づいたのは確かといえる。

風を感じとれるゆとりを持ったということである。ゆとりもそうだが、一月四日の日記に戸田先生宅で「浮世絵を見せてください」と南吉がねだっているのが気にかかる。どんな浮世絵であったのか。

3

紹介する部分は日記の三割。女学校で南吉を親身になって世話をした国語教師で南吉と似た経歴を持つ人物。一方の南吉もその教師のことをたびたび言葉にする女学校の貴重種のような教師にして女学校の生え抜き、戸田紋平（一九〇三―一九六五）。

日記　昭和十四年五月十日

大きな樽の下に不釣合いに小さい脚を二本つけたような恰好の戸田先生が、その弱々しげな脚の先にこれまた不恰好な古くさいだるま靴をはいて、行進曲にあわせて、蓄膿の鼻をきゅっ、きゅうっといわせながら、生徒達にまじって行進しているのを見ると、これもいい小説の材料ではないかと思った。実際は何も才能はないのに、自分には大した劇方面での才能があるのだが、志をえずしてこんな片田舎の女学校などで一生を埋もれて終ると自分で思いこみ、人にも吹聴し、十年も十五年も前に文学青年等の間ではやったちゃちな芝居ぶりを、学芸会などに応用し、自己満足している男。

(中略)

学校の帰りに戸田先生に誘われて大弘法様の花の撓を見にいった。ここでも群衆は愚劣で、うすぎたなく、不健康で原始的だ。少しも美のない花崗岩の弘法大師の像二つ三つ。その前に坐っている眼の悪い世話人。


安城駅を中心としてみると、西の果てに女学校が、東の果てに大弘法があるといっていい。戸田も南吉も共に駅より東に家がある。少し足をのばしてといっても一キロメートルにも足らない距離を寄り道して花の撓《とう》を見にいった。作柄の豊凶を見物人みずからが作り物を見て占う花の撓(おためしとも呼ばれる)だが、ここでは米や野菜の出来ぐあいより、文学でかたまった南吉の人間を見るまなざしに肝をぬかれる。大弘法にあつまった人を群衆呼ばわりするだけでなく、あろうことか、愚劣で、うすぎたなく不健康で原始的だと決めつけた。南吉のやさしさに慣れている読者であれば目をうたがうよりない。戸田に対する見方もしかり。お前はどうかと声をかけたくもなる場面である。南吉はそんな高みにいたかという見方もできる。戸田をめぐる人物描写には、一面の本心と、もう一面に、人物描写の恰好の標的になったことは考慮する必要があるかもしれない。それにしても昭和十四年五月十日の日記は、南吉のこの時の本心をレントゲン写真のように見せた記録として実に貴重。見下したというよりその冷ややかな人物評がいつ変わるか。ただ温かいだけでは書けないが、そんなことまでが伝わってくる。

4

わかる人にはわかる、わからない人には死んでもわからないのが感性で知るしかない世界だろう。読むたびに味が増す作品が「道の埃」である。「埃」は平成の時代ではなじみがうすくなったが、ほこりと読む。

静かな心で文字を追いかける、南吉はそんな時間を与えてくれた。六月には道の埃ほか、草、花火、宿を創作した。

詩　道の埃

私は草を藉いて
坐っていた
私の前を人が

通るのを見ていた
突然私には解った
彼が旅の人であることが
彼の脚についてるのは
杳かな道の埃だった……
拳骨ほどの梨畑の梨を
彼は見もしないで
行ってしまった

藉いて＝しいて　　杳かな＝はるかな　　埃＝ほこり　　拳骨＝げんこつ

その存在に気づかなければ永遠に捨てられた日常の一瞬。同じものを見ても気づかないで終わる。おそろしいことと言っておきたい。「道の埃」は渡邊允の「美智子さまが訳された英詩のこころ」（「文藝春秋」二〇一五年一月刊）によって知った。この、普段着のような詩を美智子さまは東京英詩朗読会で読まれていた。

巽聖歌が編集した『墓碑銘』（新美南吉詩集）と『校定新美南吉全集』第八巻に紹介されているが実際は指摘されるまで誰もその詩の存在を知らなかったのではなかったか。

――彼は見もしないで、というそこに南吉の視線を感じる。

5

巽聖歌の手紙で歌見誠一を紹介するのもおかしいが、南吉の友歌見誠一は明治四十四年蒲郡町小江生まれ、南吉より二歳年長であった。南吉の作品に目を留めた歌見からの手紙に南吉が応じたことからつきあいが始まった。初対面は昭和七年八月下旬、蒲郡の小学校（校名不明）で教員石川精一も同席して初めて顔を合わせている。内気で無口な二人の会話は、思いついてはポツリポツリと呟くようであったらしい。「僕ももっと長い時間と、もっと豊富な会話を持ちたかったと思います」。歌見に出した八月三十日のハガキに南吉はこう記した。

南吉が女学校に勤めて二年目、昭和十四年のこの年は詩作の年とされている。希望していた中等学校（註―中学校、女学校をいう）の教師となり詩作にはげみ、またときおり童話を書く生活、はたから見てこれ以上ない境遇に身を置きながら、それでもなお内に満たされないものを抱えていた南吉、それが蒲郡の歌見誠一をたずねた折にほとばしり出た。掲出のハガキは歌見への礼状より二日早く東京の巽聖歌宛てに出された。ただの残暑見舞いとも思われぬ文面に南吉の心情が出ている。教師になって一応の目標を達成したはずの南吉がまだこのような屈折した気持ちでいたのかというおどろきのハガキでもある。ドンチャン騒ぎの中に一瞬の心の空白を見たのでは。

書簡　巽聖歌宛

同じ県にいてもなかなか逢う折がなかった今年銷夏としゃれて蒲郡に実に数年ぶりに歌見君を訪ねましたら、君健在、しかも依然童謡道を精進していらるる由業半ばにして拋った僕ははずかしい思いです　暑中お見舞いも申上げぬうちに秋になってしまいましたが、みなさんお変りはありませんか

新美

拋《ほう》った、とは容易ならざる言葉。拋るとは投げること、つまりあきらめることの意。歌見誠一のなかに、あるいは歌見を鏡としてかつての自分を見た南吉。その歌見への礼状が左のこれ。

久々で楽しい話うかがいました　君が昔のままの美しい清操にいられることは寧ろ羨しい　僕三四年の間に人間が変った君に感づかれたかどうか寂しい気もする　失敬

ハガキの終わりの部分、人間が変った、のあとはひと文字あけるのが普通だが、あけてはいない。いつもならそんな書き方をする南吉ではない、とだけ言っておきたい。

ここには南吉解説者が声高に言う代表作「ごん狐」で大成した南吉はいない。過去の作品には目もくれない南吉、前に進む南吉がいるばかりである。物書きに平安が訪れるのは死よりほかないのかもしれない。

6

聖歌と歌見への葉書はなんだったろうという話がここでの主題になる。「久助君の話」なんとも華のないタイトル、そういっては南吉に失礼になるだろうか。人間顔ではないというがやっぱりタイトルは大事である。南吉は後に一冊目の童話集のタイトルにこの「久助君の話」を押した。なぜこれを書名にと考えたのだろうか。作品の執筆年月日は、十四・十・十八、四百字づめ原稿用紙十三枚の作品。「哈爾賓《ハルビン》日日新聞」に発表されている。

童話　久助君の話

取っ組み合いは夕方まで続いた。帯はゆるみ、着物はだらしなくなってしまい、じっとり汗ばんだ。

何度目かに久助君が上になって兵太郎君を抑えつけたら、もう兵太郎君は抵抗しなかった。二人はしいんとなってしまった。二町ばかり離れた路を通るらしい車の輪の音がからからと聞えて来た。それがはじめて聞いたこの世の物音のように感じられた。その音はもう夕方になったということを久助君にしらせた。

久助君はふいと寂しくなった。くるいすぎたあとに、いつも感じるさびしさである。

もうやめようと思った。だがもしこれで起ちあがって、兵太郎君がベソをかいていたら、どんなにやりきれぬだろうということを、久助君は痛切に感じた。おかしいことに、取っ組み合いの間中、久助君はいっぺんも相手の顔を見なかった。今こうして相手を抑えていながらも、自分の顔は相手の胸の横にすりつけて下を向いているので、やはり相手の顔は見えていないのである。

兵太郎君は身動きもせず、じっとしている。かなり早い呼吸が久助君の顔に伝って来る。兵太郎はいったい何を考えているのだろう。

久助君はちょっと手をゆるめて見た。だが相手はもうその虚に乗じては来ない。久助君は手を放してしまった。それでも相手は立ちなおろうとしない。そこで久助君はついに立ちあがった。すると兵太郎君もむっくりと起きあがった。

変哲のない作品である。ストーリーを問われても困る。だが、死ぬ前の南吉から、久助君の話がきっかけになって書けるようになったと聖歌が聞いたとなれば、もう一度ていねいに読み直そうという気になる。聖歌が聞いたのは昭和十八年二月、二泊三日の病気見舞いに行った南吉の枕元。同じ二月に見舞いに行った南吉のクラスの卒業生・本城良子によるとその時は声もほとんど聞きとれないほどだったという二月である。聖歌はそんな南吉からこの話を聞いた。

筆者は巽の言葉を念頭に置いて読み直してみた。

すると、久助君と兵太郎君のとっくみあいの現場にいるような臨場感を感じた。文章のはこびに無理がないばかりか言葉の過剰がなかった。しかし必要なものはすべてあった。紹介した部分でいえば、車の輪の音がからからと聞こえてきた。それは音ばかりでなく全体を通してもいえる。南吉がこしらえた安定した容器の中で少年二人の息遣いが聞こえてきた。地味で泥くさいタイトルが代表作の扱いをじゃまするにしても、当の南吉がこれが書けての、これがという意味に同意できる。

執筆時の、南吉の高揚感はその前後の作品にも表れている。「花を埋める」（十四・十・十五）、詩「泉A」（同）「夕暮」（同）そして「久助君の話」（十四・十・十八）とつづく。

詩「泉A」を一連だけ紹介したい。

ある日ふと
泉が湧いた
わたしの心の
落葉の下に

7

河合弘に宛てた二十七通の手紙のなかでも読みごたえで三本の内に入る手紙である。手紙が長いので当初はそのいいとこどりでいこうと考えたが、削るのがほしくなった。昭和十四年十二月三十日の手紙。

書簡　河合弘宛

つい昨日別れたもののように逢うことが出来てうれしかったのである。
中学の頃始めて友人の家を訪ねていったらあまり堂々たる家だったのでそのまま帰ってしまったことがある　田舎の雑貨小売店に生を享け　自作農の家へ養子にいって育った僕は大きい立派な家からは威圧をうける　君の家が樹木にとりかこまれた小さい家だったので安神《ママ》した　風除けの藁束が一層親しみを覚えさせた

（中略）

君はもう大丈夫「こちら」のものになるが、それはよかった。君が死ぬことを思うとうんざりする。又あの古ぼけた大垣駅でおりて、から風に吹かれながら長い田んぼ道をいって、君の年老いたご両親におくやみをいって（そいつが僕には実に苦手だ）君の死顔をしさいらしく眺めそこで又何か二言三言いって、それから何だかんだと田舎の厄介な旧式な会葬を我慢しなければならない。こいつは全くたまらない。君は生きるべきである僕が順序からいえば先にくたばるだろう。そしたら君は義務としてやって来るだろう。来てくれたっていいが、旅費なんか借りたり、都合のよい帽子がなかったりしたら来るのはよしたまへ。仮りに来たとしても涙なんかまっぴらだ。恐らく君は泣くまいと思うけれど、僕が死ぬと（今）、歌の好きな校長が深刻な歌を読んで会葬者をして泪を垂れしめ、僕の生徒達がまた可憐な嘘だらけの名弔辞をよみ、これまた僕の父母を始めきく者の胸をえぐるであろう、そいつを思うと僕は死ぬ気になれないのである。

そういうわけだからお互いにまだ死なん方がよい

十二月三十日　　新美拝

河合君

堂々たる家とは半田中学四年で同級となる稲生愷《いのうやすし》の家である。六人兄弟（男三人・女三人）の次男。父親は海外に土地があり小作人につくらせるほどの大地主。稲生愷は家に暗室を持ち趣味で写真をやる男。中学時代から東京外語時代、南吉は稲生愷の写真モデルになることが少なくなかった。二人の行方がわからない時は、不良のたまり場の柊が丘か、「カガシヤ」（コーヒー店）か「みずほ」（うなぎや）のいずれかを捜すと必ずいたという。南吉はこの稲生の家に来るといつも大めしを食べたとは長女・英のひとつばなしだった。稲生愷の家は半田亀崎にあった。

河合弘の手紙から脱線したが、手紙後半の記述を理解するにはこんな南吉の顔もと思い、加えてみた。見たこと、体験したことの細部を忘れないのも南吉の特徴といえる。

8

この年（昭和十五年）の日記は一月三日から始まっている。前年の日記は二十八日まで。そのためか年末年始をこの日に箇条書き風にまとめている。日記を生命とする南吉にあってはきわめて珍しい書き方といえる。それは、なぜか無風におかれた昭和十五年の創作状況を暗示しているのかもしれない。紹介するのは一月十二日の日記（部分）である。

日記　昭和十五年一月十二日

小使室に小父さんが可愛がっている皐月の盆栽が二鉢ある。二つとも、枯木がつくんとたっていて、その根のところから生きた枝葉が出ている。そういうのが近頃流行るのだそうだ。なる程見れば、そこに趣がある。枯木のわきに生きた枝葉が出ている。或るコントラストの効果がみとめられる。併し、何も枯木はなくたってよい。生きた木のみでも立派に一つのよい趣は出せる。しかし「流行」が今は前者に来ているのである。それで小父さんやその他大多数の盆栽人達がそれを造るのである。

考えて見れば、僕等の先輩達が西洋の学問をまなび、西洋の芸術をうけ入れ、西洋の言葉に親しんでいったのも、大して深い理由からではなく、やはり一つの「流行」ではなかったのだろうか。

また現代、日本復帰があらゆる方面で喧しくさけばれ、猫も杓子も、日本音楽、日本画、日本の言葉、日本の茶、日本の何々という、それも亦大部分「流行」なのではないのか。


昭和十五年一月十二日の日記後半部分を引いた。盆栽を見る南吉がいる。盆栽から流行へ、さらに時勢を「流行」の二文字に見立てるところが南吉らしい。平易な文章のなかに、当事者にならない、あるいは当事者になって旗をふることのできない南吉らしさが見られないだろうか。物を見るには近づいたり距離をおいたりするが、南吉のように斜から見る見方も有効だ。

9

人の気持ちも環境によっては溶解するもの、変わるものであることを教えられる日記である。

百姓に嫌悪感と言ってもいい感情を持っていた南吉を変えたのは何だったのか。安城という百姓の本拠地のような土地に来て何を見たのか、南吉に訊いてみたくなるようなこの日の日記である。頭の中の百姓と本物の百姓は違っていたかと。

日記　昭和十五年一月二十六日

昨日めしやの川本に三人の百姓がいた。三人とも壮年で大人しそうだ。ルパーシカの様な上衣。腰を細い一本の帯でくくっている。いが栗だ。そのうちの一人は顔色が蒼白で、まぶたが腫れぼたい。くわい虫を腹にもっているか、あまりの粗食で栄養不良なのだ。百姓の中にはよくこういう顔がある。何か作物を売りに来ての帰りだろう。或いは川本の向いにある大根切干問屋へ切干を持って来たのかも知れない。しこたまはいったから久しぶりに奢ろうじゃないかというのでめいめいが三十銭の定食を注文したのだ。そこらの椅子や、上りがまちに腰かけて、来るお客達を、ただ物珍しげに見ている、そして黙っている彼等の好ましい風態。とうとう御馳走が来た。魚のフライ。キャベツのこまかく切ったのが沢山ついている。こんなものはなくていいのだ。朱塗りの吸物わん。このいれ物が何となく満足感を与える。だがどんぶりに一ぱいの飯はこれはどうしたことか、これで足りるというのか。顔色のいい、眉と口までの間がひどく間ののびした顔つきの百姓が一はやくたべてしまって、こそこそと他の一人に相談した。「飯をもう一ぱい貰おうかや」川本のおかみが来た時、その百姓は造作のまばらな顔一ぱいで笑みかけながら、もう一ぺえ御飯くれやと、箸で空の丼をかるく打ちながらいう。川本のおかみはそれに対して、百姓というものを一種下劣なものと見做している商家の子女が示すあの冷淡な無愛想な表情で、ごはんですかはあと調子の高い声でいってひっこんでゆく。だが百姓は人がいいので、決して自分の顔一ぱいの愛想笑いが無駄になったとは思わない。まだにこにこしている。

南吉の家も畳屋と百姓との兼業、それに下駄屋（販売のみ）がひっついた。百姓といっても一、二反のたんぼをつくる小作。自身百姓のせがれでもある南吉がいわば同族ともいえる百姓をどう見たかは興味深い。かなりな踏絵になる。どう見ていたか。南吉は屈折した嫌悪感を持ってながめていた。同じ顔を持つ相手を仲間としていれなかった。

この日の日記を引いたのは、百姓を見る目が違っていたから。めしやの「川本」での百姓への目はそれまでの南吉の目と違っていた。南吉はこともあろうに「彼等の好ましい風態」とまで書く。これまで南吉にこんな気持ちはなかった。様変わりとはこのことをいう。ただいつからそんな気持ちが湧いたかとなるとわからない。わからないがそれが百姓の村新田に下宿し、やはり家に帰れば百姓の、小父さん小母さんの姿を見てきたことによることは否めない。ここからなどという線は引けるものでもないが、その時期は前年後半と見て大きくはずれてもいないだろう。そんな線よりも大事なのは、この意識の革命、百姓、ブルジョワを見る目の変化がなければ、後の南吉の仕事は違ったものになったということである。

10

この日の日記は筆者が考えたこともないことが話題となっている。南吉は考えただけにとどまらせず日記に書いている。それもきわめて適確に書いてくれている。普通は文字にしてみると話した（ここでは考えただが）言葉のかさが百分の一にも十分の一にも、減るものだが、こと南吉に関してはそうでないことにも気づかされる。

日記　昭和十五年二月二日

僕は現在「実感」つまり、しみじみそうだと思う瞬間が人間の生命の一番の甲斐のある働きをしたときだと思う。弾丸でいうと的の中央にあたるときだ。ところでその「実感」というやつはまことに微妙な存在のしかたをするのであって、決して二度同じ実感があるということはない。例えば同じ書物を読んでも、最初のときにうけとる「実感」と二度目にうけとるそれとは違うのである。又、最初には「実感」を以てしみじみあることを感じさせるとしても、二度目ではもはや「実感」と名付けられうる何物もない場合がある。それは読む者の「心の状態」によるのであると或る人々は簡単に説明する。しかり

「心の状態」の如何が「実感」の有無、或いは色合を決定する。だがこの「心の状態」というやつは、一口にそういってしまえる程、しかし簡単なものではない。心の内部及び外部のあらゆる条件が「心」に働きかけそしてその「状態」を造ったのであることを忘れてはならない。だからしてこそ、同じ書物から二度と同じ「実感」をうけることが不可能なのだ。

感動して見終えた芝居なり映画をもう一度観る勇気はあるか。読書にしても然り。南吉が問題にしているのはそのきわめて微妙な心の変化だ。百か〇かではなく九十七か八でもない最初しか持ちえない実感が醸し出す二度と「再生」できないもの。

前年暮の河合弘への手紙を覚えていれば随分トーンが違うと言われかねない。南吉の船は行きつ戻りつのようにも見える。

11

これだけ日記がつづくのは日記が南吉の自己紹介以上の役割をになってくれるため、と言い訳のひとつも言いたいが、正直に言えば作品を書いてない時期にあるということである。書こうという兆してくるものがなければ、どんな高性能なマシンも動き出さない。

それにしても、学校から一歩外へ出ると南吉の気持ちを逆撫でするような風の吹いていたことがわかる。

日記　昭和十五年二月十五日

門の前に国旗をはためかせ、日本精神と大きな見出しのもとに、……中将、……修養団長という肩書の講演者がしるされた看板がたち、昨日午後われわれの講堂で講演会が行われた。この頃はやりの何でもかんでも日本は有難いくに、よい国、なんでもかんでも西洋は個人主義の嫌らしい国という千ぺん一律の話をするくそ面白くない会の一つだ。

南吉が嫌うものは何か、そのことをこれほど率直に書いたものはほかにない（意識して書かなかったと言うべきかもしれないが）。日記では「熱狂」という文字こそ使っていないがこれこそ「熱狂」だと知らされる。興奮状態がつくる大合唱である。考える人間にとって、考えることが遮断された現場を見ることは苦しみ以外の何物でもなかったろう。真珠湾奇襲によって始まるアジア太平洋戦争の一年十カ月前、二十六歳の南吉が見た昭和十五年二月十四日午後の安城高女講堂での時局講演会である。

12

春を、あるいは季節をこんな風に読み解く。それが詩人だよと言われれば黙って頭をさげるしかない。マネができねぇとでも言って。

日記　昭和十五年三月二十一日

春はそれだけを抽き出すことが出来ない。道や草や空気と一しょになっている。君が気持のよい空気をうんと吸い込んだなら、君は即ち春を吸い込んだのだ。君が柔かい草を踏んだのなら即ち春をさわったのだ。

彼は春を見に麦畑へ出ていった。そして風邪をひいて来た。

「もう彼は立派な家が造れる程金を貯めてるそうだよ」

「弱い女房を持つと一生の不覚だよ。つとめから帰って見る。女房は寝てる。その枕元に子供が坐っている。これじゃ悲哀だからね」

奴は何でも持っている。金も充分だ。家も立派だ。本も沢山。旅行も出来る。奥さんも美しくやさしい。だがただ一つ無いものがある、つまり心の泉だ。感じて表わす力だ。だから奴は何にもないのと同じだ。

（中略）

バットのうまさは朝、最初に火をつけて、一口吸ったときに限る。これに依って類推すると結婚の喜びは最初の一日か、長くてせいぜい一週間であろう。

（中略）

道を歩くとき折釘や屑鉄を拾っては袂に入れてゆく爺さんがあった。僕もその爺さんに似ている。こまかい着想を頭に一ぱいなるまで拾う。そしてゆっくりゆっくり歩く。拾ったものが容物からこぼれるのを恐れて。

生活をどんなに丁寧に観ていても僕のそれの中には決してそれだけで一篇の小説になる程のものはないのである。どうしたって嘘を混ぜなければ駄目なのである。安価な玉子焼に豆腐をまぜる様に。

「私ん達の先生の名知ってる？」

「知らないさ」

「あてて見なン」

「一番始めは何て云うんだい?」

「ナだよ」

「ナカジマだろう」

「うんよく知ってるね」

子供と僕はそういう会話をした。

ところで神様、僕にあの子供が「ナ」を教えてくれた様にほんのちょっぴり「現実」を見せて下さい。あとは僕が想像しますから。

13

長い日記と思われただろうが筆者が任意に引き抜いた一部であり、実際はこの七倍ほどもある。どの文章にも南吉その人が出ていて圧倒される。わかったような解説などするもんじゃないと言われているようだ。それでも一言だけ口をはさましてもらえば、これだけの目を持っている南吉でも創作というのは簡単でなかったのだという実感である。何年何月にこれこれを書いたと拾い上げることはできても。書くということの実際はこうだと思い知らされる。孤独だったろうとも。

南吉は小説家をめざしていた、と言えば奇異に感じられるだろうが本当だ。童話は童謡から出発した南吉の通過点であって到達点ではない。最後は小説家になるのが夢だった。「山の中」は三河の塩津温泉を舞台にした小説。四百字づめ原稿用紙五十九枚の未完稿、小説家をめざした南吉のその証しのような作品である。書き出しを三本紹介したい。

その一、その二、その三、いずれも青木太郎もの。タイトルを順にならべれば、「らむぷを捨てる」、「青木太郎と竹洋燈」、「山の中」である。いずれも未完、その書き出しの一段落までを引いた。反古はまだあったかもしれない、そんなことすら感じさせる書き出しの一文。

書けてしかたがない南吉を見てきた、あるいは見慣れてきた読者には異様な光景として映るだろうが、読んだとおりである。文章の、この場合は小説の書き出しが思い浮かばない苦しみはこの通りである。神様、助けてというしかない。南吉もその例外ではなかった。

小説　山の中

その一

清流とそのほとりに花を満開させた合歓の大きい木の三四本むらがっているのが見えたので、これは涼しい眺めだと思って見ていると、すぐまた隧道にはいった。そこで電車の中へ視線を戻すと、青木太郎は仕方なしに、向い側の女の子に眼をとめた。

その二

倒さまの三角を原型にして神様が作られたろうと思われる顔に縁の太い眼鏡をかけ、そうしたとて別段引立つでもないのに頭髪を七分三分にわけ、かと云って油をぴったりつけて綺麗に撫でつけてあるでもなく、水色の縞があるのでいかに趣味が安っぽいかが一見でわかるワイシャツの両袖をまくりあげ、一四五の少女の様にほそっこい腕を出し、これまた趣味の浅薄さを露出しているようなそれでいて高価らしい孔雀の尾羽のように複雑な色彩の刺繍されたネクタイを結び、胸が板のようにうすく、腹が細いのでバンドのところにズボンのしわが一ぱい寄っている、つまり一見して、何の強さもない、生活力の薄弱な二十五歳の青年青木太郎が、電車に乗って山の間を走っている。

その三

眼がさめるとすぐ、じい……と鳴いている蟬の声が聞えた。この頃いつものことだが、寝覚めに聞くこの蟬の声は、青木太郎に次のようなことを想わせる。つまり、今はすでに日がかなり高く昇っており、青木太郎のようなぐうたらな青年を除いてはあらゆる人間がもう起きており、蟬のみならずあらゆる生活が今日一日のめざましい活動をもう疾っくに始めているということである。

どうして文章を書こうか。南吉もまたその例外でないことを知るほど勇気づけられることはない。文章の種ばかりは貸し借りできない。保管もきかない。思いついたら一気にそのまま文字にしておくしかない。それにしても人の苦しみの跡を読むことは格別である。もう一度言っておこう。あの南吉にしてこんな日があったと。南吉の名誉のために一言添えておきたい。昭和十五年後半には、「川」、「うた時計」を書いていると。

14

頭を押さえて、うずくまりたくなる作品がこの「へボ詩人疲れたり」ではないか。へボ詩人とは南吉その人であると想像される。引用部分は、サンドイッチでいえば、パンとパンにはさまれた中身（具材）である。ユーモアが利いて面白くもある。ついでにあらすじを、といきたいところだが全体のあらすじを書ききるだけの力が私にはない。今、私にできるのは作品の終わりの部分を引用紹介することぐらいである。

童話・小説　へボ詩人疲れたり

何のかんのといっても、結局、東京から離れて、田舎の女子校の先生になるような奴は作家となる資格はないと思います。僕はよく職員会などで、やれ便所の下駄を揃えることから生徒を躾けねばならぬの、やれ生徒が映画館に出入するのは不良だの、何が教育的だの非教育的だのと、一生懸命論じたてている職員を見まわしては、何という冗らぬ奴どもだろう、そんな詩も美もないことによく真剣になれるものだ、俺はこんな連中とは違うのだ、不幸病のため志半ばで都落ちして来たのだが、いざとなれば閃めかしうる才能を蔵しているのだ、こんな愚物ばかりの田舎に埋れさすのは惜しいような才能をとあっぱれ天才詩人的自覚を抱かされるのですが、実際は僕は詩人でもなければ、ましてや天才詩人でもないのです。可怪しいことに職員達の間で作家を気取る僕が、こんどは文学青年達の間にはいって、文学ばかりの話をきいているときには（そんな機会は滅多にありませんが、たまに、TやEが関西方面へ旅行する途次寄って文学の話をしてゆくことがあります）何をこれらの連中は石にかじりつくように文学に齧りついているのだろう、文学にそんな価値があるというのか、まあそんなことは俺にはどうだっていいのだ、俺には五十人の生徒があるのだ、俺は教育家なのだから、と教育家を気取るのであります。丁度蝙蝠です。教育者の間にはいると自分は作家だと思っている、文学人の中に交ると自分は教育者だと考えている。どっちつかずという奴。それというのが僕がどっちにも自信がないからです。つまり教育者の中で教育者だと自分をきめてしまえば僕以上の教育者がいくらもいるのでくやしい、文学人の中で文学青年であると自分をきめてしまえば、僕以上の立派な文学青年が山程いるので残念である、というわけから負け惜しみに蝙蝠になるのであります。

この手紙のような手紙でないような作品を読み終えた人の感想を聞いてみたい、そんな読んだものどうしで話でもしたくなる作品である。何を書いてよいかわからない時期があったことを知らせてくれる作品とも、ユーモアの匂いのする作品としても読むことができる。何を言っているか、叫んでいる当人がわからない、そんな演説を聞くような雰囲気も捨てがたい。本音かどうかもわからない。思いつくまま書きつらねた最後のその部分はこう終わっている。

（略）ごく些細な用件なので、この際我慢していたいのですが、それを我慢していてはどうしても筆がすすまない。仕方がないから用を足しに、例えば小便をしに出てゆきます。僕の借りている、この豪農の離家には便所がなく、廊下から庭へ下り、庭をつっきって五六間いった所に、一本の木蓮があり、その木の下に母家と共通のW・C・が

ごく些細な、で多少とも身をのり出さなかっただろうか。私もひっぱられて読まされた口である。ひっぱられることは容易だがひっぱるとなるとてつもなく困難である。南吉のエンジンが本格始動するのは、このすぐあとである。

15

安城高女の卒業生（南吉のクラスの十九回生）になぜ先生の言葉を覚えているのか、と訊いたことがある。先生がここで何を言われるのかその言葉を待っていたから、そう答えが返ってきた。口数の少ない先生だったからとも。そんな生徒たちが覚えていた一篇が次に挙げる「ちちははの記」である。南吉の病臥とつながる詩でもある。

詩　ちちははの記

ちちはは老いたもう
ちちはは腰曲がりたもう
背戸《せど》の茶の木畑《ばた》に
日かげりて
ちちはは小さく見えたもう

その息子不幸者《ふこうもの》にして
肋膜《ろくまく》なんぞをわずらい

六尺に寝そべり
指鳴らすわざ
習はんとすれど
その指痩《や》せたれば
なんじょうぱちりと鳴るべきや

背戸の茶の木畑に
日かげりて
ちちはは小さく見えたもう

授業中、南吉が教室の黒板にチョークで書き自ら読み上げてみせた詩である。創作年月日は不明だがさまざまな状況を考え十五年の最後に入れた。あるいは十六年という可能性ものこる。黒板いっぱいに書いて教壇から降りた皮スリッパの重たい音が聞えてくるような詩である。書いたものも、写したものもない詩が平成になってよみがえった。教え子（南吉は生徒を教え子といわなかったが）が南吉の全集や詩集の中に「ちちははの記」がのってないことに気づいて詩の復元をこころみた。一人ひとり覚えている部分を持ち寄った。だから正確性に欠ける。だが五十人を超える数の生徒が先生に覚えろと言われたわけでもない詩をたとえ何人かでも記憶の底に沈ませていたそのことが尊いと思う。詩の題にはじめ「父母の記」と書いた筆者に父母ではなく南吉先生は、ちちははと書かれたとは生徒からの、より正確を願う一言であった。

16

昭和十六年（一九四一年）の仕事として『良寛物語　手毬と鉢の子』（以下、『良寛物語』）がある。南吉が出した初めての本ということもあるが、それよりも出版社、学習社のシリーズもの、学習社文庫への依頼原稿であることを重く受け止めたい。抜擢されての執筆である。依頼は十五年秋のいずれかの日。執筆開始が一月四日ということも見逃せない。四日ないし二日は、多く仕事始めの日とされる、それだけで意気込みのほどが感じられる。そんなこともあってここに据えたが、原稿の完成日でいうならこの次に挙げる「ラムプの夜」がわずかに早い。『良寛物語』の執筆完了が三月九日であるのに対し、ラムプは二月七日、この二つの作品は入れ子の関係にあるがそのどちらも力が入っている。

伝記　良寛物語

しかし良寛さんは、
「もう、ここからお帰り下さい。」

ときっぱりいった。道ばたに大きな椿が立っているところで。

　そして良寛さんの一人の旅が始った。

　良寛さんの手には、別れるときお母さんが、そっと握らせて下さったお金の包と、小さい妹の一人が折りとってくれた木苺の花の一枝があった。心の上には、今別れたお母さんと弟妹達、それから、自分の生れた家と町の姿が重なっていた。こうして別れていって、いつまたみんなに会えるかと思えば、悲しかった。

　しかし、いつまでも悲しんでいてはならないと良寛さんは思った。道ばたの石地蔵さんの前に、妹のくれた花をさして、そのときから、故郷や家の人々のことを忘れることに決心した。

　まだ道のほとりには、ぺんぺん草の小さな三角の実が見られ、うすぐもりの空には、季節おくれの雲雀が囀っていた。

（中略）

　江戸に来たとき、江戸の家々や寺々はにぎわっていた。幕府の勢力の盛なためであると良寛さんは思った。京都に来たとき、京都の大きい町は静かだった。皇室のあらせられる京都が何故このように悲しげな姿に見えるのか、と良寛さんは訝った。

　正しいものが息をひそめ、そうでないものが力を張っている姿が、ここにも見られると良寛さんは考えた。

　正しいものは、姿を現さねばならない。間違ったものは影を消さねばならない。

――これは良寛さんのしなければならぬ仕事が、ほんとうに大きく、限りないということにほかならなかった。

『良寛物語』全十七の内の八から引いた。タイトルは、「はじめての旅」である。旅と南吉をむすびつけるつもりはなかった。どの章にも南吉色が出ている。どこを読んでもどこを引いてもいいわけであったが、こうなった。

「ごん狐」で手を貸した鈴木三重吉に読んでもらいたかった。三重吉は大正七年に「赤い鳥」を創刊し大正八年に「赤い鳥」に「古事記物語」を発表した剛の者。その三重吉は「ごん狐」から五年後の昭和十一年（一九三六）に没している。

17

南吉が自身でまんざらでもないとした作品はいくつあるのか。知りたいことのひとつである。二月二十二日の校内学芸会の案内を蒲郡の歌見誠一に二度まで送っている。十三日の二度目の案内には、「午後一時から学芸会ははじまりますから見に来て下さいませんか」とまで書く。そこにあるのは快心の作をものした自負。納得できるものを書きえたよろこび。歌見誠一に見せたかった南吉の気持ちはどれほどだったか。

戯曲　ラムプの夜

姉　でも、あなたは悲しい顔色をしていますね。
旅人　私はあまり沢山のものを見ました。あまり沢山の事を知っているのです。あまり沢山のことを知ると、人は悲しくなるものです。
姉　疲れていますんでしょう。
旅人　疲れています。
姉　ここでゆっくりしていらっしゃい。今にお母さんが帰っていらっしゃいますから、そしたらお茶をさしあげます。
旅人　え、でも、私はゆっくり出来ないのです。私はゆかねばなりません。
姉　何故そんなに急いでゆくの。
旅人　何故か知りません。私の心がゆかねばならないと云うのです。
姉　何か探していらっしゃるの。
旅人　え、そうです。
姉　何を？　カナリヤか何か逃したの。
旅人　いいえ。そんなんじゃありません。何だか私自身にもよくわかりません。
妹　自分にわからないものを探しているなんて妙ね。
旅人　え、そうです。でもそれが我々の運命です。

妹　我々って？
旅人　私や、あなた方のことです。すべての人間のことです。
妹　あら私達までも。
旅人　そうだと思います。
妹　違うわよ、わたし達はちゃんと家があって、ここにいるじゃないの。
旅人　そうでしょうか。
妹　そうよ。
旅人　そうでしょうか。

南吉が女学校にいる間に書いた劇の台本（戯曲）は四本。古いものからならべると、「千鳥」（十四年一月二十日）、「春は梨畑から野道を縄跳びして来た話」（十四年二月六日）、「ガア子の卒業祝賀会」（十五年二月十一日）、「ラムプの夜」（十六年二月七日）となる。一つ目と二つ目は誕生日会のため、三つ目は予餞会のため、四つ目は学芸会の、ともっともらしい副題までつけた。

一月誕生日会の劇の台本を書いた〝きっかけ〟を加えれば、一月生まれ六名の内に高正惇子がいる。ガア子はアヒルの子、その父と母の主役二人は杉浦さちと高正惇子。持ち上がりで四年間を担任した南吉がクラスのために戯曲を書いた。偶然ではない気がする。

昭和十四年十一月二十四日、南吉はつき指をした生徒を素材とした詩「指」を書いている。そこに生徒の名前があるわけではないが指の主が高正であることは高正自身が友人に明かしている。
　生徒のつき指した指をいたわるように口に含む…。ひとまわり歳下の高正と心を通わせた南吉だが身近に好きな人がいるしあわせを感じたのは確かなようだ。ブルジョワ嫌いのタガがはずれ、「ガア子の卒業祝賀会」が書けたのも、しゃれた外国の家庭が描けた「ラムプの夜」も紡績会社工場長令嬢の高正惇子がいたからだと思われる。高正は昭和十六年三月で転校するが、手紙のやりとりはつづいた。

18

　約二カ月で四百字づめ原稿用紙二百九十一枚の「良寛物語」と同二十五枚の「ラムプの夜」を書いた。「良寛物語」は夜のあいだに書いて翌朝浄書する生徒に手渡すという離れ技をやってのけた。仕事はすすんだろうが、身体は悲鳴をあげた。昭和十六年の三月から六月、およそ四カ月間ぐずついたようである。遺言状も長い。

　遺言　昭和十六年三月—六月推定

　　弟よ、

どうも今度はくたばりそうである。もしくたばったら次のことをやってくれたまへ。

一、借金を払ってほしい。

安城の日新堂に四五十円。

半田の栄堂に二十円ほど。

同盟書林南店に十円ほど。

安城の金魚屋に二三円。

同じく明治屋に三四十銭。

同じく日吉軒に羊羹二本八十銭。

諏訪先生に五円。

小使の小父さんに賄料、牛乳代等併せて七八円。

安城の小林時計店に一円五十銭。

借金はそれだけのつもりだ。その外に何とか云って借金を取りに来る奴があったらよく吟味して見る必要がある。

一、僕のもの、

学校の互助会には殆んど金は残っていない。ひょっとすると借り越しになっているかもしれない。

学校に据置貯金がある。はじめは毎月一円宛だったが、ここ一年ばかり二円宛貯金してある。

東京市神田区神保町一丁目一番地　学習社（佐藤長助）から五百円来る筈である。「良寛」の印税（初版一万部）である。（略）

一、返す本、
遠藤先生に返す本は「続若い人」「モービイ・ディック」（研究社発行、赤い表紙の英語の本）独逸語の本二冊。まだあるかも知れない。先生に一度見て頂きたまへ。

学校の本は、表紙に紙が貼ってあるからすぐわかる。みなで四五冊あるだろう。

マヤさんに「多磨」一冊。

一、書物の始末は君の好きなようにつけたまへ。取っておきたければ取っておき、売りたければ売る。

一、葬式はごく簡単に。時局柄というのではない。僕の好みである。本当のところは全然ない方がいいのだが、そうも出来まいからごく簡単に。

お通夜なんてものはごめんだ。医者が死んだことを認めたら早速焼いて小さい木の箱に入れてくれたまへ。

焼く前に僕の死顔や体を絶対に見せないでくれたまへ。僕は見世物になることを好まないのだ。

一、僕が失敬してから、僕のことをあだったこうだったといって賞めたり惜しんだりすることもまっぴらだ。殊に涙をこぼして貰うのがいやだ。うんと悪口をいって貰うことが望ましい。さっぱりしていてよい。おやじやおふくろにもこの点を注意してやってくれたまへ。

一、死亡通知を出す人左の通り、

巽聖歌、

江口榛一――ハルビン市馬家溝文化街七一ノ二

澄川稔――東京の河出書房の編集部

河合弘――大垣市築捨町

久米常民――京都市京都府立第三中学

畑中俊平――中部第九部隊早津隊

村松剛次――浜松一中
遠藤慎一――西尾高女
佐治克巳――刈谷高女
視学官山崎敏夫――愛知県庁教育課
大橋栄三――東京都麹町区竹平町　東京外国語学校内
佐薙好子――黒い手帳に住所が書いてある。或いは葉書を探して見給へ。
高正惇子――西宮市殿山町六一
松井栄一――常滑町でよい。
太田あき――刈谷高女
江口彰次――明倫中学

南吉の好物西尾市の米津羊羹のように切れめのない遺言状である。遺言状を書くはめになった原因を南吉は手紙に書いている。相手は同年三月大阪へ転校した高正惇子。南吉は良寛さんのせい、などと、しおらしいことを書いている。半分はそうかもしれないが、半分は高正かとまぜっかえしたくなる。死亡通知を出す人のなかに佐薙、高正の元生徒（転校生）がいる風景はいかにも南吉らしい。

　その後病状が回復し、使われずにすんだ遺言状の解説は以上である。

19

「嘘」と「遺言状」に共通するのは何時書かれたかがはっきりしないことである。時間軸で組み立てようとする本書にあって年月日が定まらないことは致命的といえる。そんなこともあり本書からはずそうと考えた。それを思いとどまらせたのは「嘘」が、掲載された発行日はわかるという一点である。正直にいえばこの作品が下手さと上手さの両方を持っていることもあったかもしれない。どう下手かは『良寛物語』と「嘘」と「うた時計」を並べて読むとわかるはずである。

発行日は昭和十六年七月二十五日、掲載誌は勤め先のアルスをやめた巽聖歌が始めた「新児童文化」(第三冊)。創刊号である第一冊(南吉の「川」が載っている)が出されたのが前年の十五年十二月十八日であるので、「嘘」は新しく雑誌をはじめた聖歌を応援するために最悪の病状を押して書かれた可能性がある。病状の比較で言えば遺言状の方がむしろ体調の悪さを感じさせない。

童話　嘘

「みんな知っている？　いつか僕等が献金してできた愛国号がね、新舞子の海岸に今来ていて、宙返りやなんか、いろんな曲芸をして見せるんだって。」

何か出来事があればいいと思っていたやさきだから、みんなは太郎左衛門の言葉だったけれどすぐ信じてしまった。そしてまた、これはまんざら嘘でもなさそうだった。みんなが二銭づつ献金をしたことはほんとうだし、新舞子の海岸には、その愛国号ではないにしても、よく飛行機が来ていることは、夏、海水浴にいった者なら誰でも知っているからである。

見に行こう、ということにいっぺんで話がきまった。新舞子といえば、知多半島のあちら側の海岸なので、峠を一つ越してゆく道はかなり遠い。十二三粁はあるだろう。しかしみんなの体の中には、力がうずうずしていた。道は遠ければ遠いほどよかったのだ。

（中略）

疲れのためににぶってしまったみんなの頭の中に、ただ一つこういう念《おも》いがあった。

「とんだことになってしまった。これからどうして帰るのか」

くたくたになって一歩も動けなくなって、はじめて、こう気づくのは、分別《ふんべつ》が足りないやり方である。自分達が、まだ分別の足りない子供であることを、みんなはしみじみ感じた。

（中略）

> 嘘吐きの太郎左衛門も、こんどだけは嘘をいわなかった、と久助君は床にはいったときはじめて思った。死ぬか生きるかというどたんばでは、あいつも嘘をいわなかった。そうしてみれば太郎左衛門も決して訳のわからぬやつではなかったのである。
>
> 人間というものは、ふだんどんなに考え方が違っている、訳のわからないやつでも、最後のぎりぎりのところでは、誰も同じ考え方なのだ、つまり、人間はその根本《ねもと》のところではみんなよく分りあうのだ、ということが久助君には分ったのである。すると久助君はひどく安らかな心持になって、耳の底に残っている波の音をききながら、すっと眠ってしまった。

作品を通しで読んでいただきたいのが「嘘」である。引用したのは終わりの部分、ここに至るまでには長い貨物列車のような文章がならぶ。長いだけでなく制御もあまりきいていなさそうにも感じられる。「書かねばならない」が、まず先にあり、日数をかけられず推敲も十分できなかった作品であることを示している。いつもの南吉らしさがないばかりか義理で無理やり書いた作品のようにも読める。

それほどに病気の底は鍋底であったと言うことか。

20

アンドレ・モロアの「デブと針金」の書評は、東京童話作家クラブからの依頼原稿である。南吉からすれば外部からの原稿依頼にまんざらでもない気がしたはずである。『良寛物語』執筆の余韻が残る時期であることを考慮して読むべきかもしれない。

書評　デブと針金

筋は上述の如きもので大して面白くも思えまい。殊に僕は巧みな筋語りではないかから、何の興味も感じられないかも知れない。しかし行文が、細部が、面白いのである。第一、余計な描写や、余計な心理や、余計な言葉がない。必要なだけのものがちゃんとあって、余計なものが少しもない。そこはそれ多年文学習練の賜だという人もあろうが、かれこれ三十年から小説や童話を書いている我が国の作家の作品を読むときにさえ、あまりに余計なものが多い（時には一篇の小説全体が余計なものばかりで出来あがっていて、もし余計なものを赤鉛筆で抹殺してゆくとなると、あとに何も残らないといったのさえある）のにうんざりする事実をどう片付けるか。

「嘘」の後に書いた「デブと針金」はいかにも南吉らしい文章である。それは物語と書評との、書きやすさの違いと見ることもできるが、ここでは素直に健康が回復傾向にあったからだとみたい。

書評は同人誌「童話精神」(6)(一九四一年八月三十日)に掲載されたもので編集者の覚えによると病臥しての執筆であったという。執筆昭和十六年六月十六日。

豚のように肥った人間ばかりの国と針金のように痩せ細った人間ばかりの国との戦争物語、「デブと針金」の書評が興味深いのは、そこに南吉の創作に関わる目標が姿を見せているから。余計な言葉に気を使う南吉の性向が透けて見えるから。

南吉の考えは理屈や理論にあるのでなく文章で現実のものにして見せるしかないものだけに、と書評を読みながら同情した。彼の問いは、この書評から数カ月後に書かれる「童話における物語性の喪失」でもう一度問い直される。

21

名前で作品を評価してはいけない。絵画で説明するとわかりやすいかもしれない。名作、凡作、駄作、同じ絵描きが描いた作品でも評価は作品しだい。文学も同じ。名前で読まない南吉の読みにはすごみさえある。

日記　昭和十六年七月五日

漾虚集——漱石の文章上の悪癖がすっかり出ている。「彼が盾であり盾が彼である」

といった風に、流暢にするため無意味に言葉を繰り返すのがあまりに多い。それから尻取りのように、前の文章の終の方の語をとって次の文章の冒頭におくようなことも。又「一面に茶しぶを流したような野原」というような瓢逸味を衒ったきたない形容。駄じゃれ。

総じて、流暢にして下品。

あえて漱石の「漾虚集」（大倉書店、明治三十九年）を日記から引用したのは、どんな物書きであっても習作の時代があり批判的な読みの時代があるという当たり前があったからである。読めなければ書けない。批判的に読まなければ学べない。「漾虚集」は五月、「坊ちゃん」は四月、同じ年の漱石の作である。なおいえば、「我輩は猫である」の「ホトトギス」への発表は明治三十八年一月、大倉書店からの刊行は翌三十九年十一月である。

七月五日の日記で南吉の健康状態を見ておきたい、そんな気持ちも働いた。

22

「童話に於ける物語性の喪失」は早稲田大学新聞（昭和十六年十一月十六日）に掲載された評論である。原稿の依頼は安城高等女学校の教え子佐薙好子の兄・佐薙知が早稲田大学新聞の編集長であった縁によっている。物語性の喪失とはいつもの南吉にそぐわない物言いだが南吉はこう言っている。

「本文をひきのばす努力のため、簡潔と明快と生気がまず失われ、文章は冗漫になり、或いはくどくなり、或いは難解にして無意味な言葉の羅列になった。同時に内容の方では興味が失われ、ダルになり煩瑣になってしまった。これらをひっくるめて物語性の喪失と私はいいたい」

南吉の評論から引いた。

言いたいことが堆積した塩梅である。言いたいことが山ほどありそうだ。その言いたいことを、南吉はどう表現したか。

評論　童話に於ける物語性の喪失

紙で読んで面白くない童話は口から聞かされても面白くない。口から聞かされてつまらない童話は紙で読んでもつまらなくない筈がない。このことは童話ばかりでなく、大人の小説についてもいえると思う。小説が口から離れて紙に移ったところから小説の堕落ははじまるのである。それが嘘だというなら、例えば西鶴やトルストイや宇野浩二などのすぐれた小説を読んで見るとよろしい。そこにあなた方は作家の手からでなく、作家の口から出て来る息吹きのこもった言葉をきくであろう。
童話はもと――それが文学《ぶんがく》などという立派な名前で呼ばれなかった時分――話で

あった、物語《がた》りであった。文学になってからも物語りであることをやめなかった（アンデルセンやソログーブのことを憶い出して下さい）。文芸童話の時代になっても童話は物語りであることをやめてはならなかったのである。ちょうど、人間が様々な時代に様々の帽子をかむって来たのにかかわらず頭そのものは変らなかったように。

話をたのしむ時代から読む時代に変わる移行期が南吉の生きた時代である。それは人が寄ると話が始まる時代との決別の時代でもあった。南吉はこう書く――童話は物語りであることをやめてはならなかった、と。話して聞かせた物語り（たとえていうなら昔話）と活字となって読まれる童話との違い、読まれる文章のぎこちなさにがまんならなかった。南吉の童話は読みやすいといわれる。朗読会での評判も悪くない。口で読むことを意識しながら書いていたということがきわめて重要である。

南吉はここで文体にもふれている。

――文体の簡潔、明快、生新さ、内容の面白さを失わぬように努めた。思い出すのは昭和十三年の秋に日記のつけ方を変えたこと。――作家になろうというような野心のない平凡な人のつける日記――、またこうもいう。――あったままのことを出来るだけ明細に飾らず――とも。この変更は単に日記の書き方が変わったと見てはならない。日記を中心に書き方、見方に南吉自身が革命的な変更を求めたということ。口ぐせのように言った生徒への指導の言葉を自身に向けたということである。書き方の軸を変えたということである。

物語性の喪失の最後に、これは昔風な馬鹿正直なやり方、という南吉の言葉こそ中学以前からつづけて来た文学修業のひとつの峠に立った南吉の自負とみたい。

23

昭和十六年十月発行の「安城高女学報」の埋草として書かれた。無署名ゆえに校定全集に収録されていないが、文章の調子から、編集兼発行者の新美正八が余白を埋めるために書いたと判断した。五月発行の一学期号が四頁であったのに対し二学期号は表と裏の二頁、内容も一頁上段に校長の依田百三郎が「和する心」を、三段目に「本校報国隊組織」を戸田紋平がかっこつき（戸田）で書くなど戦争への備えがあらわになっている。裏面も同様で「通学班隣組の結成」（三田村）、「本校に於ける銃後後援運動に就いて」（荒井）「干草刈取記」（鈴木）裏面下の埋草「秋日詠和抄」のそれも作品の末尾に（勤労奉仕）（託児所奉仕）と入れるなど戦争に関わらないものはひとつもないといった編集がとられている。

評論　卒業後何をなすべきか

東亜共栄圏確立の大目的をめざして、国民挙って立たねばならない。

兵隊さんは銃をとって、不便な異郷に戦っていられる。兵隊さんだけが戦っていてはならない。老人も女も体弱き者もそれぞれの能力に応じて国家のために立たねばならない。

女学校の卒業生も、従来のようにお茶や花をならったり、お針の師匠さんに通ったり、洋裁することを覚えたり——一口にいえば、花嫁修業にうきみをやつすことは、もはや時代が許さない。あなた方も、日本国民の一人だから、日本人としてのつとめを果すべきである。

国家はどんなことを女学校卒業生に要求しているか、みんな、もうよく聞いたから知っている。働くことである。今一番大事な、時局産業に従うことである。

認識の足りない大人と考えの旧い老人は勤労ということをともすると貶み、勤労するくらいなら女学校を出る必要はない、などというが、それは今、間違っている。それは個人本位に考えた考えである。これからは国家のことを先に考えねばならない。その国家は今あなた方に、時局産業に従事せよと、呼びかけているのである。

自分はそんなお役にはたたない、草を除るときはお喋舌に気がはいってしまうし、先生にろくすっぽ挨拶も出来ないのだから、と謙遜する者もあろう。成程それは悪いことだ。だがあなたはお役に立つことが出来る。その人その人に適った仕事があって職業指導所がうまく按配してくれるから。そこで君達は国家のためだと常に思って与えられた自分の職場、職場で懸命に働けばいいのである。

東亜共栄圏は、大東亜共栄圏の間違いでないかと危惧されるが原文のままとした。校長の言葉に「八紘一宇《はっこういちう》」の文字が使われ、戸田紋平のそれにも「もう銃後も第一線もなく」とあるように戦時色一色になりつつあった。十二月八日には日本軍による真珠湾奇襲がおこなわれた。南吉は、十二月十二日の日記に「金魚屋の前で山崎の親父と一緒になった。そして彼の口からいよいよ対英米宣戦が行われたことをきいた。僕は今朝新聞を見て来たが知らなかったといった。只今のラジオの臨時ニュースで言っていましたといった。いよいよはじまったかと思った。何故か体ががくがく慄えた。ばんざあいと大声で叫びながら駈け出したいような衝動も受けた」と、自身の感情そのままを記した。

戦争への砂時計は、南吉が英語担当の教師として安城に来た昭和十三年四月一日の国家総動員法公布あたりから戦争モードにあった。砂時計は止まらない。

24

昭和十六年最後の日記は地元に伝わる石合戦の歌を書いた。遺言状のことも、はじめて本を出したことも、アメリカと日本の戦争が始まったことも、書かなかった。暮の日記は感傷的になりがちだがここにはそれがない。

日記　昭和十六年十二月三十一日

僕達は子供の頃喧嘩するにも歌をうたったものだ。

――よそむらがんち、糞がんちィ、おかわん持って来い、糞やるにィ

――まけて逃げるはへいだんご、勝って帰るは米だんご。

――昨日の喧嘩忘れたかァ。

この頃日々美しさがましてゆく。一枚一枚美しさが加わってゆく感じだ。考えて見ると四季のはじめはみなそうだ。初春、初夏、初秋、初冬。されば昔四季の名を与えた人間は、敏感に自然が美しくなり出すときを感じとって、その時を季節のはじめとしたとさえ思うのである。

南吉が書いた石合戦の歌は土地土地の習俗といっていい広がりを持つ。江戸時代の『尾張名所図会』には五月五日の印地打《いんじうち》としてその情景が描かれている。むろん半田ばかりでなく安城や岡崎にも伝わっている。歌の歌詞こそ下品で、きたないが、一度耳にしたら忘れられない響きとなつかしいにおいを持っている。死を覚悟したとき南吉の脳裏に子どもの頃うたった歌が浮かんだ。きのう（昨日）、あるいは、きんのうの喧嘩がなつかしく思い出される。美しいと思う。

第5章　時に遇《あ》う（昭和十七年—昭和十八年）

1

前日の一月十一日に成岩《ならわ》の中野医院で診察を受け、自身で腎臓結核と結論した十二日の日記の前半部分を紹介する。

定説では十七年春の執筆は小康の間になされたとするが、注文が来たから夢中で書いたのではないか。逆に言えば、注文がなかったら書かずに終わった可能性すらある。

小康扱いとすることで大事なものの存在を見落としているのではないか。小康でかたづけてしまうと、南吉の気持ちも負けん気もひたむきさも出番を失う。引用文の行間は原文どおりとした。

日記　昭和十七年一月十二日

朝めがさめるとすぐ病気のことが頭に来た。しかし恐怖感はなかった。〝死〟にも馴れることが出来るものだなと思った。ちょうど、貧乏や失恋に慣れることが出来るように。

昨日から新しい生活がはじまったのである。腎臓結核（つまり死）との新婚生活が。今日はその第二日目というわけだ。新生活にともなう興奮が今もつづいている。

ツルゲーネフの〝春の水〟を六十頁ばかり今日読んだ。岡崎へのバスの中や帰りの汽車の中で。しかし眼が行間におどるのでじっくり読めなかった。ちょうど青春時代、体内からあふれ出す情熱のために目がちらついたと同じように。

僕の青春というのは外語を卒業するまでであった。卒業して間もなく、失業と失恋と肋膜炎《ろくまくえん》のため老人になってしまったのである。

さすがに死ぬのは好ましくないのである。岡崎の町を歩いていたら葬儀屋があってウインドに白い紙の燈籠がかざってあった。見たとたんに顔をそむけてしまった。

十二日の日記の一部を読んだだけで、蓋をしてきたものの大きさがわかるのではないか。南吉は、意気の人、意気地で生きた人、その南吉の南吉らしい姿は昭和十七年の生き方にあるといっても言い過ぎではない。学校を何時から休んだ、クラス会に出たの出なかったの、作品を何本書いたの、すべて些事である。見るべきは死を意識して南吉がどう行動したかである。のこした作品の数をかぞえることは、ニワトリが卵をいくつ産んだというのと変わらない。

2

ここには十三日の日記全文を引いた。七つの短い文章のその五つまでに「死」の文字が見える。もはや死よりほか考えられない土壇場の南吉がここにいる。

日記　昭和十七年一月十三日

小さな四角な紙の世界。なつかしい文学の世界。そこに遊んでいるとき僅かに死のことを忘れえた。

死のことを忘れるために小説を読む。

しかしすっかり忘れてしまわないようにときどき死すべきものぞ、と自分に云いきかせる。

実はいちばん嫌なことは死の想念ではない。医者へ一日おきにゆき、小便を見て貰ったり裸になったりすることだ。そして医者の奴が何か云い出しはせぬかとびくついていなければならぬことだ。

最後まで自分は生徒達に自分の死の間近なことをほのめかしたり、涙をこぼさせたりすることはやめよう。キ然として逝こう。

死まで茶化した安藤広重や斎藤緑雨のことを時々おもへ。

歌舞伎全集三十数巻を買ったことは失敗であった。そのうちの一つ忠臣太平講釋を読んでいるが実に退屈で、長たらしい。こんなんじゃ死ぬまでに到底読めない。また読む気にならない。翻訳の小説を買ったほうがずっとましだった。

どんどん本が読める。もしこれから先六十年位健康な生命が約束されているなら、どんなに沢山読め、そしてたのしいことであろう、とちらっと思った。逃げたうなぎの大きさよ、だ。

やがて破滅が来るということをいつも予感し、そのために自分はいつも悲しく生きて来た。

その破滅が遂に来た。

一月の日記は、十日にはじまり十四日で終わっている。五日間連続して日記をつけたことになる。十四日以降が書かれていないのは病気が重篤になったのでも、伝記「都築弥厚」の執筆が佳境に入ったためでもない。日記をつける以上に重要な、自身、はじめての童話集の依頼が巽聖歌から入ったためと思われる。依頼がいつ届いたかはわかっていない。藪《やぶ》から棒に入ったのである。

二月の記載はなく、三月は八日の一日のみ、四月は三日からというのが南吉の作品への傾倒ぶりをものがたっているのではないだろうか（これまでも作品執筆時には日記を書いていない）。四月十二日の日記に「きょう童話集「久助君の話」の原稿約二百枚を巽のもとに送った」とある。はじめての童話集は南吉が希望した「久助君の話」でなく「おじいさんのランプ」と題を変えこの年の十月十日に出される。

3

十四日の日記は七つの部分からなるが、ここには三よりあとを引いた。その二で、人を見るとその人の腎臓を考える、と書くあたりかなり深刻といわざるをえないが、この十四日の日記を境に日記から病状の記述が消える。小康というわけである。小康の原因はもちろん小康などでなく南吉のクラスの生徒・細井美代子の日記に接したその影響としか考えられない。

日記　昭和十七年一月十四日

風景に詩を見られなくなってしまった。やはり精神が落ちつかぬのだ。童話が書きたいのにまとまらない。細井美代子の半年ぶりの日記を読んだ。肺門がおかされてゆき、夜毎盗汗でめがさめ眠れないで一人で考えているあたりが、少しも暗く書かれていない。しゃくしゃくとして平然とのべてある。死んでもいいと思っていると虚勢でもなく書いてある。僕なんかよりよほど堂々たる精神を持っていると思った。うまれた仔山羊の観察と、牝山羊のさかりのときの描写が面白かった。感受力の大きく新鮮な魂である。

夜のどが渇いてかなわん。熱のためであろう。蜜柑のうまさといったらない。二つでやめておこうと思う。腎臓に負担をかけては相すまぬので。しかし寝る前にポケットに又二つしのばせてしまう。そして寝床の中でしみじみ禁断の木の実をたのしむのである。

あまり小便のことは書きたくないので書かないのだが、昨日も今日も、小便の末に少しずつ赤がまじっているのだ。

ツルゲーネフの〝春の水〟を三日間の往復の汽車の中で読んでしまった。三日か四日程で読みあげられる小説こそ手頃というべきだ。終の頁に読みあげた日を付けるときのうれしさ。

この頃は文学でどうやら〝お茶をにごして〟いる。文学がなかったら心のヨユウがなくなり、走っていってレールにとびこんでいるかも知れない。文学でも一本のカンフル注射くらいのききめはあるのだ。生命にとって。

南吉も日記をつけたが、生徒も日記を書いて提出していた。登校すると日記を教卓の上にひろげて出し、帰りまでに返される方式だった。グループごとに出すその中に細井美代子の日記があった。南吉は自身と同じ病気の生徒の日記に勇気づけられたようだ。

日記から病気・病状に関する内容が消えた。文面からは切実なそれも見えるが日常の生活はつづけている。文章は書いたことだけで出来上がる世界、それを逆手にとったようだ。日記の文面から病気の文字が消えれば小康とは素直にすぎないか。

4

消印の十五日は木曜、文面から推測すると平日の夜蒲郡の歌見誠一に会いに行ったようだ。無性に会いたくなって、人恋しくなってのことと思われる。歌見誠一のいる蒲郡市小江から常磐館（当時ここで鶴を飼っていた）まで徒歩ならかなりの距離になる。南吉は夜の海岸線をあるいたのだろうか。

書簡　歌見誠一宛

不意にお邪魔したから御迷惑であったことと存じます　何にも話が出来ませんでした
ね　あれから鶴を見て汽車にのりました　あの夜は雪がつもりました　この頃また体
の調子よくありません　書かずに読んでいます

歌見誠一に会いたくなって突然訪問した様子がハガキからうかがわれる。安城と蒲郡は旧国鉄時代でも一時間とかからない。歌見のいる小江は蒲郡駅からすぐの海に近いところ、授業を終えて訪ねたようだ。鶴を見てとハガキにあるのは、大正二年竹島の見える傾斜地に開業した常磐館（現蒲郡クラシックホテル）が園舎で飼っていたことをいうのだろう。鶴については本

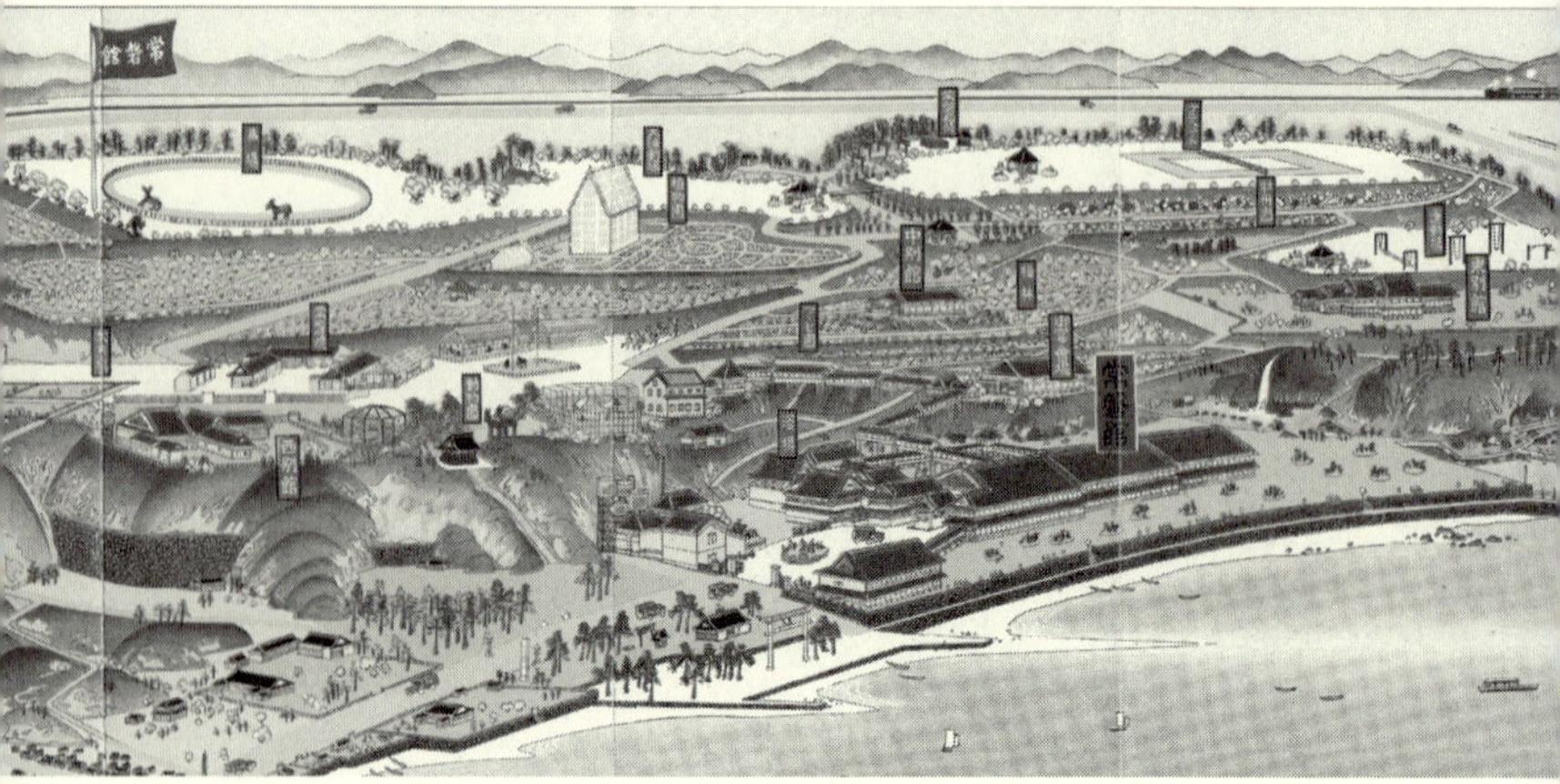

吉田初三郎『東海唯一の青遊郷　蒲郡常盤館図会』昭和２年（東浦町郷土資料館所蔵）

書に寄稿いただいた大村ひろ子さんが書いている。ハガキの最後にある「書かずに読んでいます」が妙に印象深いのは、この後の南吉の執筆ぶりを知るからかもしれない。この段階では童話集の依頼は届いていない。

5

　巽聖歌の原稿依頼に死の恐怖と向き合う南吉がどう対応したかを聖歌自身が書いている。それによると南吉はそれまで書きためていた原稿と幼年童話を編集して依頼された童話集を編もうとしたらしい。新しく筆を起こすことは考えていなかったようだ。そのとき片仮名書きから平仮名にした一本が「ひとつの火」である。しかし聖歌からは既存の原稿でまとめるのでなく新作をという注文が届いた。巽はそのために名古屋まで鞭撻しに来た。

　原稿をとりもった編集者・巽聖歌は南吉の病状を

知らなかった。

童話　ひとつの火

わたしはひとりになってから考えました。

――わたしのともしてやった火はどこまでゆくだろう。

あのうしかいは山の向こうの人だから、あの火も山を越えてゆくだろう。

山の中で、あのうしかいは、べつの村にゆくもう一人の旅人にゆきあうかも知れない。

するとその旅人は、

「すみませんが、その火をちょっとかしてください。」

といって、うしかいの火をかりて、じぶんのちょうちんにうつすだろう。

そしてこの旅人は、よっぴて山道をあるいてゆくだろう。

すると、この旅人は、たいこやかねをもったおおぜいのひとびとにあうかもしれない。

その人たちは、

「わたしたちの村のひとりの子供が、狐にばかされて村にかえってきません。それでわたしたちはさがしているのです。すみませんが、ちょっとちょうちんの火をかしてください。」

といって、旅人から火をかり、みんなのちょうちんにつけるだろう。長いちょうちんやまるいちょうちんにつけるだろう。

そしてその人たちは、かねやたいこをならして、やまや谷をさがしてゆくだろう。

わたしはいまでも、あのときわたしがうしかいのちょうちんにともしてやった火が、つぎからつぎへうつされて、どこかにともっているのではないか、とおもいます。

二十二歳、東京外国語学校四年時に書いた片仮名書きの幼年童話「ヒトツノ　ヒ」を二十八歳で平仮名になおしたのが「ひとつの火」である。二十二歳と二十八歳、その間に六年という歳月がある。が、ほとんど手を加えることなくすましている。当初の作品の完成度が知られる。先にほとんどと言ったのにはわけがある。そのまま丸写しでないということ。具体例でお示ししたい。片仮名で「タビビト　ハ　オオゼイ　ノ　タイコ　ヤ　カネ　ヲ　モッタ　ヒトビト

ニ　アウカモ　シレナイ」を、平仮名では、「この旅人は、たいこやかねをもったおおぜいのひとびとにあうかもしれない」とした。ひとびとをより近くした。説明を描写に変えた。「ひとつの火」をのぞく幼年童話十二本のタイトルは以下のとおりである。「あし」「蟹のしょうばい」「狐のおつかい」「落した一銭銅貨」「里の春、山の春」「一年生たちとひよめ」「二ひきの蛙」「去年の木」「子供のすきな神さま」「王様と靴屋」「売られていった靴」「飴だま」。

6

「貧乏な少年の話」は童話集『おじいさんのランプ』に収載されている。主題からそれるが、同書の内訳は、旧作四本、新作三本の七本。はじめての童話集のために童話三本が創作されたことになる。新作の題名を挙げると、「貧乏な少年の話」「ごんごろ鐘」「おじいさんのランプ」になる。聖歌の、新作でとの強い依頼がなければ、最初の童話集もこのあとにつづく二冊の童話集もどのようなことになっていたかしれない。編集者聖歌を衝きうごかしたのはどのような力だったと思うと、天の配剤というしかない。

昭和十七年三月、四月、五月、この三カ月の活躍がなければ今日の「新美南吉」はないのだから。

とりあげたのは貧乏ということを童話仕立てにしたもの。貧乏を辞典でくると、収入・財産が少なくて、生活が苦しいこと、と書いてある。南吉は辞典にある「苦しい」のそれを目に見えるかたちで書いた。南吉童話が作り話にならず、また嘘っぽくならないのは、そのものを見る目の確かさと観察力のこまやかさだろう。四百字づめ原稿用紙四十枚。

童話　貧乏な少年の話

「な、だいくん。あっこにキャラメルの箱が落ちてるだろう。」

と吉太郎君がひそひそ声でいった。こんなふうに、ひそひそ声で話しかけられると、つまらないことでも重大な意味があるように感じられるものだから、大作君は生垣のすきまからあらためてキャラメルの箱を見た。そして眼をぱちくりやって、

「うん。」

と、やはり声をひそませて答えた。

「あいつを誰かがきっと拾うから、見てよかよ。貧乏なやつがきっと拾うぞ。」

（中略）

大作君が、いぜんからうすうす知っていた自分の家の貧しいことを、今日の出来事でまざまざと見せつけられたのは、体操丙の通知票を見たときと同じようなことであった。

そこで大作君は、大人の言葉でいえば、自分の家の貧乏をはっきり認識した。さらに、貧乏であることをしみじみ恥ずかしく感じたのである。


仕掛けられたキャラメルの空箱を誰が拾うか。お金持の吉太郎の罠にひっかかるのは……という簡単な話ではじまるが途中から予想外の展開をみせる。人の行為行動を梔子《くちなし》の生垣に隠れ

て見る人間のその心理を描写した。物語の中ほどで南吉の地の声とでもいう解説まで入る。こう言う。

「人は、つまずいてすてんころりとぶざまに転んだりすると、転んだ自分に腹を立てて、もう一ぺんわざと、こんどはもっとひどく、転んで自分をいじめることがあるものだが……」

人は、と切り出しているが案外南吉本人という気がしないでもない。南吉なら、たぶん、やりかねない。

新美南吉ほど人との出会いに幸運な人はいない。むしろ強運の持ち主と言った方がいいのかもしれない。没後もそのいきおいがつづいた。

最初の童話集『おじいさんのランプ』、第二童話集『百姓の足、坊さんの足』、第三童話集『花のき村と盗人たち』。以上の三冊が波多野完治によって岩波書店発行の「文学」（昭和十九年九月号）に「最近の新人童話作家」と題して紹介されるからである。この紹介が南吉の童話集の最初の紹介となった。紹介の時期を問題にしたいのではない。以後、平成二十八年の今日まで波多野完治を超える読み巧者に接していないことが言いたいのである。波多野の、丁寧にして懇切に書かれた紹介文――書評でもある――の一部を切り取るのは心が痛むが二点ばかり引用したい。

――誤解のないように言って置きたいが、新美南吉が宮沢賢治にどことなく似ているといっても、新美南吉の全部がそうなのではない。全部はむしろ宮沢賢治とはまるっきりちがっている、といった方がいいかも知れないのである。似ているのは新美南吉の空想、ファンタジーだけなのであって、一種の現実ばなれのした世界へ引き込んで行く、そうしてその現実ばなれのした世界を読んで行くうちに現実的なもののように仮想させてしまう、そういう手法の点が似ているにすぎないのである。このような空想とも現実ともつかない世界の構築——非常に現実的な空想世界というか——は他の、たとえば生活童話の作家にはほとんどないものであり、唯宮沢賢治のみが持っていたものであった。新美南吉はこれをもっているのである。

波多野の分析的な読みはなおつづくのだが、あとの一点を紹介したい。重要な、言われるまで気づかない指摘である。

——このように大人の世界を描いてそれで童話になっている、ということは、童話が子供の生活を描かなければならぬ、と考えている人にとっては不愉快かも知れぬが、可成り注意してよいことなのである。

可成り注意してなどと控え目を装っているが、波多野のにんまりほほえむ顔が見えるような痛快な読みである。子供を登場させさえすれば童話になるか、童話とは何か、と問うている。
波多野が指摘した――一種の現実ばなれのした世界へ引き込んでいく――それと関わって、あるいは関わらないかもしれないが、開高健が井伏鱒二にインタビューした時の一文が思い出される。波多野と重なる読みのように思われる。氏とあるのは井伏その人を指す。

氏の作品に登場する人物の多彩、豊饒さに眼を瞠る。氏の同時代の作家たち（それ以降の作家たち、現在の作家たちもそうだが）の登場人物はそれぞれの作家の現在位置のすぐ側近か、手をのばせばとどくあたりに暮している人間であって、その想像力の生活圏はきわめて小さく、読者にとっては既知すぎ、謎がなさすぎる。けれども氏は遠い村、はるかな町の片隅に棲息する八さん、熊さん、張三、李四をつれてきて純文学へ高め、定着するのである。（『人とこの世界』二七六頁）

濃い霧が晴れるような気持ちのいい文章である。直接南吉を書いたものでないだけに普遍性が担保されてもいる。読むことの面白さをプレゼントされた開高の指摘（こうして教えられなかったら、生涯知らない）の向こうに「片隅に棲息する人」を描いた「広重」の姿が見えるようでしかたがない。思い過ごしだろうか。

7

転校生との文通も南吉を考える場合のかなり重要な手がかり（ファクト）になる。鈴木知都子（現稲沢市）からの便りへの返信。もう一年というのは鈴木の転校先の女学校が五年制であることを言っている。安城高女の三月十七日の卒業式の日の日記は読みたいもののひとつだ。だが、四年間を持ち上がりで教えた生徒が卒業した日の日記は書かれていない。書けなかったと見るべきかもしれない。

書簡　鈴木知都子宛

お元気でよい成績をあげていらるる由よろこばしく存じます　今日こちらでは五十四名が無事に卒業しました　ほっとしてがっかりして　ぼんやりしています　そちらはもう一年ですねしっかりやって下さい　匆々

鈴木知都子へのハガキが書かれた卒業式当日に、女学校の中央廊下を歩く南吉のひとりごとを卒業生の本城良子が耳にしている。南吉は、「ほっとした」といい、しばらく間をおいて「がっかりした」とつぶやいた。この日の南吉の気持ちがつまったような言葉だ。一年前の三月に転校した高正惇子にはこの日に詩一篇を書簡にして送っている。卒業生に向けたはなむけの心を表現した詩である。詩の中に出てくる遠樹は槐の当て字、えんじゅと読みたい。邪気を払う木といわれている。

こら去りて
そこらにある
春陽かな

別れては
黄梅の花の
ちりやすき

春昼の
遠樹のうれの
またひかり

麦の芽の
緑きにけふは

わかれけり

三月十七日　　　　　　　　　　　正八

8

関西大学名誉教授・谷沢永一に「用意なくして行為なし」（『執筆論』）があるが、「おじいさんのランプ」も谷沢のこの言葉がぴったりあてはまる気がする。原稿末尾の制作日付（一七・四・二）よりはるか前、父の話として人力曳きが、一六・一一・二五の日記に登場し、さらに一六・一二・一三の日記に、

テーマ、電燈が村にはいって来て、ランプの需要がなくなったのでもとの乞食商売にかえったランプ売について書くこと。

とあるからだ。南吉が昭和十六年十二月、昭和十七年一月がどのような体調であったかをくりかえすことはしないが、そんなトンネルを通っての四月五月の創作であったことは書いておきたい。

童話　おじいさんのランプ

いった。

日が暮れて青い夕闇の中を人々がほの白くあちこちする頃、人力車は大野の町には

巳之助はその町でいろいろな物をはじめて見た。軒をならべて続いている大きい商店が、第一、巳之助には珍らしかった。巳之助の村にはあきないやとては一軒しかなかった。駄菓子、草鞋、糸繰りの道具、膏薬、貝殻にはいった目薬、そのほか村で使うたいていの物を売っている小さな店が一軒きりしかなかったのである。

しかし巳之助をいちばんおどろかしたのは、その大きな商店が、一つ一つともしている、花のように明かるいガラスのランプであった。巳之助の村では夜はあかりなしの家が多かった。まっくらな家の中を、人々は盲のように手でさぐりながら、水甕や、石臼や大黒柱をさぐりあてるのであった。すこしぜいたくな家では、おかみさんが嫁入りのとき持って来た行燈を使うのであった。行燈は紙を四方に張りめぐらした中に、油のはいった皿があって、その皿のふちにのぞいている燈心に、桜の蕾ぐらいの小さいほのおがともると、まわりの紙にみかん色のあたたかな光がさし、附近は少し明るくなったのである。どんな行燈にしろ、巳之助が大野の町で見たランプの明かるさにはとても及ばなかった。

それにランプは、その頃としてはまだ珍らしいガラスでできていた。煤けたり、破

れたりしやすい紙でできている行燈より、これだけでも巳之助にはいいもののように思われた。

　このランプのために、大野の町ぜんたいが竜宮城かなにかのように明るく感じられた。もう巳之助は自分の村へ帰りたくないとさえ思った。人間は誰でも明るいところから暗いところに帰るのを好まないのである。

　巳之助は駄賃の十五銭を貰うと、人力車とも別れてしまって、お酒にでも酔ったように、波の音のたえまないこの海辺の町を、珍らしい商店をのぞき、美しく明るいランプに見とれて、さまよっていた。

（中略）

　巳之助はしばらくその店のまえで十五銭を握りしめながらためらっていたが、やがて決心してつかつかとはいっていった。

「ああいうものを売っとくれや。」

と巳之助はランプをゆびさしていった。まだランプという言葉を知らなかったのである。


　作品を万年筆でひと文字ずつ書き写しながら、南吉が昭和十三年十二月二十九日に書いた日記をおもい出していた。

――私は事実ありのままを克明に記してゆくのである。従って、しゃれた文句もない。気取った思想もない。時々あるとすれば、それは全く消しさったと思っている以前の習慣の残滓か、この地味な記録に多少のはなやかさを与えるための意匠に他ならない。

文章修業だけのためにある日記の書き方——つけ方というべきかもしれないが——を変えたと宣言した日が暮の二十九日のこの日記である。爾来三年、南吉は自ら文章の手応えを感じつつ執筆を進めたとおもわれる。作品はまだ佳境にはいっていない。これからである。だが、南吉は自身が抱いたイメージを凝縮させるために一語一語を丁寧に積み上げている。日記から三年の南吉がここにいる。

9

高揚感のともなったことばは聞く側にも高揚感のおすそわけがある。日記に残された独立して書かれた一行。

日記　昭和十七年四月九日

ぼくは井戸である。ぼくをとおして水は浄化され、ふきだす。

この前後の創作状況を考えれば下手な説明はむしろじゃまだろう。ぼくは井戸とまで言っているのだから。一言だけ添えるなら、「水」は「ことば」の比喩と言えばすむ気がする。「浄化され」も「ふきだす」もいきおいと静かさを感じる。長年の努力が実ったのである。自在に書けた実感がある。南吉のために祝いの大花火でもあげようか。

10

執筆のこと、病状のこと、この二つはおくびにも出さない日記がつづく。金平糖も、品がないといわれた八重桜の記述も面白いが、これを引いたのは(中略)としたあとの、ほんとうにものわかった人間は以下にある。南吉の人柄がわかる一文である。

日記　昭和十七年四月二十二日

きんせん花。えにしだ。藤。

この土地でふつう金平糖とよんでいる植物は、植物図鑑などによって「きんぽうげ」又は「うまのあしがた」であることがわかった。黄色い五弁花で今咲いている。

まだ開かぬ若葉が、毛糸のひものように見える植物は槲《かしわ》ではないかと思うが、まだたしかめることができない。

あか芽がしの燃えるように赤い若葉。

八重桜は今咲いている。花は大きいが色が濃く、品がない。

大古根のお祭の日には空襲があった。そのため、夜の芝居はおじゃんになり、名古屋の役者たちは芝居をせず、しかし金だけうけとって帰った。

（中略）

ほんとうにもののわかった人間は、俺は正しいのだぞというような顔をしてはいないものである。自分は申しわけのない、不正な存在であることを深く意識していて、そのためいくぶん悲しげな色がきっと顔にあらわれているものである。

芝居をせずに金をうけとって帰った役者たちを不正と感じたのか。ほんとうにもののわかった人間――以下を読みながら、『新しい道徳』（幻冬舎）を出版し「いいことをすると気持ちがいい」のはなぜか、を問うた北野武をおもった。北野武もまたにやりとするだろうと。

それにしても、二冊目の童話集をそれこそ死に物狂いで書いているはずなのに静かである。空襲すら、戦争ですら話題にせぬ。

11

ここまで時系列で進めてきた流れをこの11では変更したい。このあと12で紹介する「坊さんの足、百姓の足」を生む見聞と作品とをつなげて読んでいただきたいためである。

南吉には多数の日記類とは別に、気になる文章の抜き書きノート、自身が見たり聞いたりしたそれを記録するノートがある。抄録ノート（一九三八年）、見聞録（一九三八〜一九四一年）、備忘録（一九三八年〜一九四〇年）がそれである。本作品につながるそれは「見聞録」（一九四一年一月十四日）にみえる。引用したのは部分である。

日記　昭和十六年一月十四日

凍みるように寒い日暮街路の上に男は米をこぼしてしまった。彼は上半田あたりのひっこんだ貧しい新世帯の主人だ。軍需工場に通っているといった風の。在所が阿久比あたりにあって米を貰って来た途中らしい。出来るだけ掻きあつめたが、砂のまじった所は残念だがあきらめた。そして袋を再び自転車にのせていってしまった。こぼれた米は白い道の上に黄色くひろがっていた。近くよると掻きあつめた手のあとが見られた。

米をこぼした年寄りの百姓が、くやしさにふみにじってゆく。すると足がうずく。ばちがあたったのだと思う。

ひとつの見聞を材料にそれがどう芽を出してゆくのか、どう新しい芽に育ててゆくか、南吉の書いたメモを読んでいくとまるで螺旋階段を上るように、どのようにも構想が広がっていくある種の高揚感を感じる。そのように感じるのはこのあとに書かれる作品を読んでいるからであるが。

見聞録には、見たとおりのことと、見たことから発想した思い付き（着想）が書かれている。メモ本体には、百姓の文字も、坊さんの文字も、足の文字もない。しかし行間をとって書かれた構想には、年寄りの百姓という文字と、くやしそうにふみにじってゆく、足がうずく、の文字が見える。そこには百姓と対になる坊さんの文字はまだない。

12

昭和十七年五月作とされる「百姓の足、坊さんの足」の発想が前年一月十四日の夕方見た現場にあるということは、その強烈な印象が南吉のなかで心に焼き付いたような状態であったということである。それは、南吉にあっても忘れられない見聞でしか創作の役に立たないことを示している。

童話　百姓の足、坊さんの足

菊次さんは、仲間などなくて自分だけで不幸なめにあったのだと思うと寂しい気がしました。そして自分だけにばちをあたえた天をうらめしく思いました。

夕飯のときに、菊次さんはとうとうがまんできなくなって、いってしまいました。

「こげな、あほくさいことは、ねえだ。和尚さんもわしも同じことをして、わしだけ足がわるくなり、和尚さんはぴんぴんしているじゃねえか。天はちっとばか、目がきかねえとしか思えねえ。」

それをきくと、年とったお母さんは、箸を持った手と茶わんを持った手を二つの膝《ひざ》の上において、

「お前は、何という心得違いをしておるだ。自分が悪いことをしておいて、天をうらむということがあるものかい。そんなことをいって天をうらんでおったとて、どうなるものでもないぞや。」

といいました。

その夜、あんどんの火を消してから、菊次さんは、長い間、やみのなかで眼をあいていました。

菊次さんの眼には黒い土が見えていました。その上にひとつかみのほの白いものが散らばっていました。それはこぼした米でした。たいせつな米でした。
こぼした米のまぼろしを見ているうちに、とつぜん菊次さんには、自分にだけばちのあたったわけがわかりました。

日暮とは昭和十六年一月十四日の日暮。南吉は——手のあとがみられた——と見たとおりのことを書いたあと、こうメモした。

米をこぼした年寄りの百姓が、くやしさにふみにじってゆく。すると足がうずく。ばちがあたったのだと思う。

南吉の心のシャッターを切った日記の情景そのまま。一年余前の寒い中、横目で見て通り過ぎることもできたのに一部始終を見た。『良寛物語』執筆のその最中であってさえ南吉の感性が米をこぼした男の顛末を見ずに通り過ぎることを許さなかった。書く材料を見たのだ。

13

ほのぼのとした物語として読むか、ユートピア、ありえない荒唐無稽な物語として読むか、それは、読み手の人生の体験値次第というまるで踏み絵のような物語が、間抜けな泥棒が花のき村という異界で改心するこの物語である。解説では南吉をして書かせたその裏側を見たい。引用したのは冒頭である。

童話　花のき村と盗人たち

むかし、花のき村に、五人組の盗人がやって来ました。

それは、若竹が、あちこちの空に、かぼそく、ういういしい緑色の芽をのばしている初夏のひるで、松林では松蝉が、ジイジイイイと鳴いていました。

盗人たちは、北から川に沿ってやって来ました。花のき村の入口のあたりは、すかんぽやうまごやしの生えた緑の野原で、子供や牛が遊んでおりました。これだけを見ても、この村が平和な村であることが、盗人たちにはわかりました。そして、こんな村には、お金やいい着物を持った家があるに違いないと、もう喜んだのでありました。

川は藪の下を流れ、そこにかかっている一つの水車をゴトンゴトンとまわして、村の奥深くはいっていきました。


どんな思いの中でこの作品を書いたか、現実と理想のジレンマに身を置くもどかしさを感じていたのか、当たっているという自信はないが紹介しておきたい。常の日の南吉の素顔である。

13節で紹介した作品とつながるわけではない。昭和十七年五月十八日の日記、十七日と同じ流れの中で目にとまるのが女学校（南吉が勤める女学校とはいっていない）に勤める男女一人ずつの素描である。男女どちらに対してもきびしいが、ここでは女性の教師をとりあげたい。

女の先生が一人いた。めがねをかけて洋服を着て、革のかばんをかかえていた。素性の卑しいのが顔つきやことばづかいに見えていた。女学校の先生であることをいつも意識して他の女とは違うということにいつも誇を感じているといったふうの女であった。〝教育〟という立派な使命がこういう下卑たような女と握手しているのが現実なのである。

いつか書いてやろうと、ねらい撃ったような文章である。腹の虫が書かせた。思いつきでない証しは友人・河合弘宛の手紙にもほぼ同様のことを書いているからである。まだ死を強く意識することのない昭和十五年（一九四〇年）九月二十二日の友への手紙である。

教育界。こんな嘘だらけな世界はもういやだ。沢山だ。げろ。
子供は美しい、純真です。ハアそうですか。
英語を教えるのは無意味です。そんなら国語を教えるのは意味があるのですか。そりゃあるよ、国民文化の何たるかを知らしめ、国民性を培うのだから。顔を赤くせずによくも云えたものだ。愚劣だ。愚劣だ。愚劣だ。かくて百遍。

こまやかな観察眼にさらされた女性教師に同情の気持ちも少しあるが、世の中というのは時が移ってもビタとも変わらぬものだとの感慨もふかくする。七十年前の物語が色あせない原理がここにみごとな現実として横たわっている。

「花のき村と盗人たち」をどう読むかは議論の分かれるところだが、そこにはユートピアの一語でかたづけることのできない背景があるような気がする。

14

五月三日の日記は、九日ぶりの日記である。ではその九日ぶりの日記に何かこちらの知りたいことが書いてあるかというと、おせじにもそんなことが書いてあるとは言えない。ではそんな日記をどうして引用するかと詰問されそうだが、この日の日記が「南吉の五月」を伝えるそれとして最もふさわしいと信じるゆえである。このあともう一日、五月十八日の日記を紹介するが、それを含めて五月の日記は七日間かかれる。この三日は日曜日にあたっている。

日記　昭和十七年五月三日

こぼれてなおしばらく美しいは虞美人草。アネモネの花。

麦の出穂の頃にはきっと霧の深い朝がある。霧は麦にわるい。霧にあった穂は中に黒いものがまじっている。父の話。

井戸のあたりにふえた蘭に似た植物。母にきいたら石菖と教えてくれた。棒状の花が今出ている。その花の柄でめはじきをする。

卯の花とはうつぎのことの由、大言海で見た。父にきいたら家の庭にもあるとのこと。井戸の南の梅の木の下に。もうじき花が咲くとのこと。

朝顔は八十八夜の頃、すなわち籾種子を水に浸けるころ播く、とこんど来た作業の先生渋谷さんが教えてくれた。すべてたねはたねの厚みの約三倍のあつさだけ土をかむせるとのこと。

町葬があるので青年が役場から拡声機を借りてゆくのを見た。大きいスピーカーを二人の青年が肩にかついで、マイクロホンはリヤカーにのせていった。振動をさけるためかリヤカーにはふとんがしいてあった。これは病院にゆく百姓ののりものに似ていた。

水の上を白い小さい蝶がまっていた。水の香のようにかそかに。

若葉は茂って来た。木の下は暗くなった。そこに青い蛇が冷かに息づいている初夏がまたやって来た。

五月のはじめ、まだ羽の弱い雀がとびたつころ。授業中の窓硝子にとつぜん来てとまり、中に人がおおぜいいるのにびっくりしてまたとびたってゆくのはそんな雀だ。

ハンケチほどの穂麦畑の上をとぶのに、子雀は二度も落ちかかったりする。

くらくなった頃背戸に出ると、地面の上、草の下で、リリリリリとはつなつの虫がもう鳴いている。

池庭新緑。

百姓が山羊をリヤカーにのせて学校の裏の道を通った。めずらしく茶色の山羊だった。ベェーベェーと鳴きとおしていった。百姓は町の道に春の抒情詩を流していった。

てんぷらを揚げるとき、フライパンの中を水すましがはしりまわる。それは大きいてんぷらからちぎれた小さいてんぷらである。

母は二三日前わらびをとって来た。川で針のような鰻の子がのぼってゆくのを見たそうだ。

母は昨日成岩《ならわ》の浜へいってあさりをとって来た。小さいかにとやどかりと、にしを二つとぎんぼという緑色のどじょうに似た魚を二匹おまけにとって来た。ぎんぼは指にくいつくからさわっちゃいけないといわれた。まだぴんぴんしていた。

あさりはむきみにされた。あさりのむきみから出る汁はたまるとうすめた牛乳に似ている。

もうふくろうが鳴く。

風呂につかりながら竹藪の月夜を見ることも出来れば蛙の声をきくことも出来る。湯は美しくて、足も見えるくらいだ。何というしあわせなことか。

長い引用と思われただろうが全文を載せないと意味をもたない日記である。最後に南吉が顔を出す。まるで執筆の手の内や進行は見せないぞ、あえて、健康と気持ちには触れないぞと腹を決めた南吉がいるように読める。
日記の全文を掲げたがどの文章もおしなべて美しい。なかでも忘れられない印象をのこすのはさりげなくつけられた最後である。煩を承知で今一度切り取ってみたい。

風呂につかりながら竹藪の月夜を見ることも出来れば蛙の声をきくことも出来る。湯は美しくて、足も見えるくらいだ。何というしあわせなことか。

筆者・斎藤はなさけなくも、これほどの感謝の気持ちで風呂にはいった覚えがない。無類の風呂好きだが一面かたづけ仕事で入っていた。死を覚悟した南吉がこんなきれいな気持ちで風呂に沈んでいる。緑の増す五月の湯に。
日記の後半にある「池庭新緑」の四文字は、女学校の東南隅にあった睡蓮菖蒲が咲く池だと思われる。南吉の女学校での散歩コース。

しかしそれだけだろうか。原稿の執筆時に日記をつけない南吉が外の景色をかいている。ただごとではないと受け取った。なぜこんな文章をならべたてたのか。何を書いたのかを見てみた。蝶、蛇、雀、小雀、虫、新緑、山羊、てんぷら、鰻の子、小さいかにとやどかりとにしとぎんぼ、あさり、ふくろう、生きている物の五月を文字にし、はだかの自分を加えた。あるいは生き物と自身を対にして見せた。

書きたかったことは、同じ五月の風と月夜の中にいるしあわせか。

15

五月三日からあとの日記はつづかなかった。

次に書いたのは五月十七日、やはり日曜日だった。三日と多少とも違うのは、このあと、まがりなりにもつづいたことだ。十八日、二十二日、二十五日、二十六日、二十八日。

平凡社発行『別冊太陽 新美南吉』を監修した保坂重政は、昭和十七年五月の執筆を「炎の執筆」と表現した。保坂は南吉の二つの全集にかかわった編集者であり新美南吉の研究家である。

十七日の日記は、「炎の執筆」のどのようなありようを伝えるか、日記全文である。

日記　昭和十七年五月十七日

矢車草はもう二十日くらいまえから咲いている。
けしは十日くらいまえから。
睡蓮も毎日ひらきつぼむ。
花菖蒲もいまさかり。黄とむらさき。
しゃくやく。
今咲いているバラは春ばらか夏ばらか。
浪花節語りのような太い低い声の少年。

青梅の頃。松の芽が一尺くらいにのびている。しゃくやくはうつけて咲いている。若葉をふく風は神経にさわる。ひるまいくらでもねむれる、頭のしんが痛くなるまで。
僕は金太君と相撲をとりくまされたことがわかってがっかりした。金太君は一度も洗濯したことのない、臭い服をきていた。その上、わきの下など穴があいていたので、うっかりとっくむと、手がその穴の中にはいって、相手の汗ばんだ体にさわってしまうようなことがあったからだ。

どんな葉からでもかんたんに草笛をつくる少年がいれば彼は尊敬される。

ナイフをピカピカにとぎえんぴつを真中からすっぱり切れるようにすることの出来る少年も。

うなぎのきゅうしょを知っていて、彼の手にかかるとうなぎがじっとしているというような少年も。

木のぼりのうまい少年も。竹馬のうまい少年も。

鉛筆のしんを五センチも出してけずるような少年は尊敬されない。奇妙な奴だと思われる。


用水の水はもう半月も前から来ている。どんどんの下で、水車のようにくるくるまわっていた草の根や茎のたま。

紫雲英《れんげ》の花が水にひたされている。昨日までは水がなかったのだ。


麦は根本から黄色くなりそめる。

麦畑にとりかこまれた酒倉。麦の穂にすれすれにとんで来たつばめが、白壁のまえでひるがえる。

水にはかますに入れたたねもみがひたしてある。

静謐な記述である。十七日以降もこの日とたいして変わらぬ記述がつづく。

日記としては先にその一部を紹介した十八日のそれの方が少しは興味深いところがあるようにおもう。だが十八日より十七日だと直感した。三日のあとの、十七日の記述こそ南吉の五月を伝えると考えたからだ。がっかりしたと書けば南吉の物まねになるが、正直がっかりした。もっと何か、とも思った。しかし書いてあるものをくりかえし読むと、ここにも動くもの、動きはじめるもの、生きて成長するものだけがある。病気、作品、人事に関わるものはただの一語もない。生きているものがある。南吉は日記に生のいとなみを書いていた。いとなみがかもす空気、浄化した空気を書いた。その空気は南吉がこの春にかいた作品群と重なる。南吉の日常と作品はそのままの地平でつながっている。

日記は翌六月に六日、七月に五日、八月は書かれず、九月三日を書き、九月の十七日が最後になった。

16

創作の舞台裏は知りたくもあり、知りたくもなし。南吉も心得ていておもてに出さない。

（だが、どんなことにも例外はある）

南吉は椿と蟬が好きだった。だからなのか、めったに出さないはずの作品の創作状況を二度までも糸電話のように発信してくれている。タイトルの、「牛をつないだ椿の木」を四月三日の日記に。春に鳴く蟬の名を調べたと五月十八日の日記に。

童話　牛をつないだ椿の木

「やいやい、この牛はだれの牛だ」

と、地主はふたりを見るとどなりつけました。その牛は利助さんの牛でありました。

「わしの牛だがのィ」

「てめぇの牛？　これを見よ。椿の葉をみんな食ってすっかり坊主にしてしまったに」

　二人が、牛をつないだ椿の木を見ると、それは自転車をもった地主がいったとおりでありました。若い椿の、柔かい葉はすっかりむしりとられて、みすぼらしい杖のようなものが立っていただけでした。

　利助さんは、とんだことになったと思って、顔をまっかにしながら、あわてて木から綱をときました。そして申しわけに、牛の首ったまを、手綱でぴしりと打ちました。

　しかし、そんなことぐらいでは、地主はゆるしてくれませんでした。地主は大人の利助さんを、まるで子供を叱るように、さんざん叱りとばしました。そして自転車のサドルをパンパン叩きながら、こういいました。

「さあ、何でもかんでも、もとのように葉をつけてしめせ」

これは無理なことでありました。そこで人力曳きの海蔵さんも、まんじゅう笠をぬいで、利助さんのためにあやまってやりました。

「まあまあ、こんどだけは、かにしてやっとくんやす。利助さも、まさか牛が椿を食ってしまうとは知らずにつないだことだで」

そこでようやく地主は、はらのむしがおさまりました。けれど、あまりどなりちらしたので、体がふるえるとみえて、二三べん自転車に乗りそこね、それからうまくのって、行ってしまいました。

利助さんと海蔵さんは、村の方へ歩き出しました。けれどもう話をしませんでした。大人が大人に叱りとばされるというのは、情《なさけ》ないことだろうと、人力曳きの海蔵さんは、利助さんの気持をくんでやりました。

「もうちっと、あの清水が近いとええだがのォ」

と、とうとう海蔵さんが言いました。

「まったくだて」

と、利助さんが答えました。

山の中では、もう春蟬が鳴いていました。

南吉が作品の中で書きたかったもの、それがこの一行――山の中では、もう――である。

牛をつないだ椿の木の当事者というべき牛曳きの利助さんと入力曳きの海蔵さんが鹿のように水をのんだあとに出てくる。話の場面を転回する一行となっている。春蟬は群の中の一匹が鳴き始めるとそれにつられて山にいるすべての春蟬が鳴く特性を持っている。いっせいにしばらく鳴き声がつづき、また潮が引くように止む。私も数年前の夏、豊川市の財賀寺で聞いたが、まさに一山が蟬の声につつまれ感動した。一生もんの鳴き方である。

牛をつないだ椿の木は、つながなくていい椿の木に牛をつないだことから、問題を起こしている。松の木ならよかった。相場から言えば松の木だ。しかし松では葉を喰うことが……。だれが椿の木につないだかといえば、牛曳きの利助さん。だれがこんこんと清水の湧く井戸を掘ったかといえば、人力曳きの海蔵さん。

南吉は作品の最後を――海蔵さんのしのこした仕事は、いつまでも生きています――としめくくる。しのこしたは、後世に残すの意味であるが、それは海蔵さんの仕事だけをいっているのではないような気がする。

この世に何をしのこすか、それこそが南吉が自身に問いかけたものではなかったか。

17

炎の五月、そのしんがりをつとめた作品。静かになった戦場にのこされた忘れ物のように五月の最後に置かれた作品が小品の童話「草」である。三月、四月と書きすすめ、五月には最多の六本が書かれ、そのうちの二本に日付がいれられた。一本は昭和十七年五月十九日の日付を持つ「牛をつないだ椿の木」、もう一本が五月二十九日の「草」である。

そしらぬ顔で置かれた「草」に南吉は何を書いたか。

童話　草

夏休みが終るまで、こちらの子供達と向うの子供達は、仲よく献納の草を刈り、仲よく水浴びしました。向うは三百二十貫の干草をつくりました。こちらは三百七貫の干草をつくりました。

さて、あしたから二学期がはじまるという日になりました。

こちらは、ずっといぜん、むこうからぶんどったラッパを持ってゆきました。むこうは、こちらからぶんどった麦稈帽子を持って来ました。

別れるときに、ぶんどり品をたがいに返しました。

麦稈帽子は心平君のでした。心平君はそれをかむって、にこにこ笑いました。

「じゃまた、来年のなつ。」

「また献納の草を刈ろうね。」

そういって、こちらの子供達と向うの村の子供達は別れました。

向うの子供は、上手にラッパを吹きながら、松林の中を帰ってゆきました。心平君達が蜜柑畠の下にきても、まだその音は聞えていました。


献納の草と石合戦に材をとった四百字づめ原稿用紙七枚の小品が「草」である。心平君を中心に兵太郎君、喜六君、金助君がこちら側の総員、向こう側の子供に名前はない。耳の大きい、かしこそうな子供が目につくばかり。

引用部分を読んで思い出すのは、蟬を取るために蜜柑畠に入って麦稈帽子だけを残して消えた少年みー坊のこと。「唖の蟬」（昭和五年七月三十日）にある一文。

「みー坊は蟬になって了ったとみんなは云い合ったのです」

そう思って見ると「ラムプの夜」に出てくる少年ユキ坊も死者である。

当たっているかどうかわからないが、南吉の「草」でのメッセージは最後に置かれた挨拶にあるような気がする。間違っていたらごめんというしかないが。

「じゃまた、来年のなつ。」

「また献納の草を刈ろうね。」

献納の草は、あくまでも外面的な事柄であって、本当は作品に依る挨拶を書いておきたかったのではないか。夏をなつと書き、麦稈帽子は夏を象徴するいなくなった少年のかぶりもの。ちがうだろうか。

「草」は童話集『牛をつないだ椿の木』（昭和十八年）に収載された。その同じ本の中に昭和八年十二月二十六日の日付を持つ「手袋を買いに」があることは注目される。約十年間未発表だった作品である。結論から言えば、「炎の執筆」ともいわれる十七年五月に寝かせてあった原稿に手を入れ完成させたということ。その段階で加えた言葉がこの作品をより感銘深いものに変えた。

「ほんとうに人間はいいものかしら」

作品を根底から変えた一言は、草稿の「村」をすべて「町」に変えたことと相俟って南吉の十年が生んだ達成と言っていい。杓子定規に昭和八年作と断定するだけでは見えてこない視点というべきだろう（保坂重政『新美南吉を編む』に詳しい）。

18

南吉が最後に作った詩として知られているのが「百姓家」と「梨」である。「百姓家」は下宿として四年間をすごした新田の大見家を、「梨」は女学校の西を南流する安城の礎をつくった明治用水をうたう。ふたつの詩にはそれぞれ一七、一〇、五の南吉自筆の日付がある。ここに紹介する詩は、先のふたつの詩と同一の原稿用紙に書かれながら、昭和十七年十月五日推定で、さして知られずにきた「少女ぶり」である。

詩　少女ぶり

日なたにいてもあつくない
ひかげにいても寒くない
こんな季節を待って
紫蘇の花は咲くのです
日なたにあってもかすかな
ひかげにあってもめにたたぬ
こんな花を選んで

しじみ蝶々は来るのです
風が立ってもすぐ消える
草が光っても見失う
こんな小さな　蝶々に
私のおもいは寄せましょう

しじみ蝶は、シジミほどの小さな灰色がかった蝶でチラチラとんでその姿を容易に観察させない。紫蘇の花が咲く秋にとぶのも詩にあるとおりである。小さいもの、弱いものにこだわった南吉最後の詩作として「少女ぶり」の一篇は南吉の秋を知らせるそれとして忘れることができない。

19

まだ書いていたのか。そんな思いで「狐」を読む人はいないだろうか。南吉の不治と言っていい病気を知る者には、まだ書くのか、死に際まで書くのかとしか言い表しようのない気分がある。南吉は三月二十二日に亡くなるが、作品は同年一月八日に書いたもの。安城の女学校への最後の出勤は前年暮の三十一日だったとは、卒業後期間一年の補習科に進んだ生徒の覚えである。同僚の戸田紋平もそれ以前の状況を「そして十七年の冬頃から彼はついに臥ってほとん

ど出勤しなくなった」と書いている。(『瀬戸のやきもの』二九四頁)

童話　狐

文六ちゃんはおもいだそうとするように、眼を大きく見ひらいて、じっとしていましたが、やがて、祭の話はやめて、こんなことをいいだしました。

「母ちゃん、夜、新しい下駄おろすと、狐につかれる?」

お母さんは、文六ちゃんが何をいい出したかと思って、しばらく、あっけにとられて文六ちゃんの顔を見ていましたが、今晩、文六ちゃんの身の上に、おおよそどんなことが起ったか、けんとうがつきました。

「誰がそんなことをいった?」

文六ちゃんはむきになって、じぶんのさきの問いをくりかえしました。

「ほんと?」

「嘘だよ、そんなこと。昔の人がそんなことをいっただけだよ」

「嘘だね?」

「嘘だとも。」

「きっとだね」

「きっと。」

しばらく文六ちゃんは黙っていました。黙っている間に、大きい眼玉が二度ぐるりぐるりとまわりました。それからいいました。

「もし、ほんとだったらどうする？」

「どうするって、何を？」

とお母さんがききかえしました。

「もし、僕が、ほんとに狐になっちゃったらどうする？」

お母さんは、しんからおかしいように笑いだしました。

「ね、ね、ね、」

と文六ちゃんは、ちょっとてれくさいような顔をして、お母さんの胸を両手でぐんぐん押しました。

「そうさね」と、お母さんはちょっと考えてからいいました、「そしたら、もう、家におくわけにゃいかないね」

文六ちゃんは、それをきくと、さびしい顔つきをしました。

「そしたら、どこへゆく？」

「鴉根山の方にゆけば、今でも狐がいるそうだから、そっちへゆくさ。」

「母ちゃんや父ちゃんはどうする？」

するとお母さんは、大人が子供をからかうときにするように、たいへんまじめな顔で、しかつべらしく、

「父ちゃんと母ちゃんは相談をしてね、かあいい文六が、狐になってしまったから、わしたちもこの世に何のたのしみもなくなってしまったで、人間をやめて、狐になることにきめますよ」

「父ちゃんも母ちゃんも狐になる？」

「そう、二人で、明日の晩げに下駄屋さんから新しい下駄を買って来て、いっしょに狐になるね。そうして、文六ちゃんの狐をつれて鴉根の方へゆきましょう。」

　文六ちゃんは大きい眼をかがやかせて、

「鴉根って、西の方？」

「成岩《ならわ》から西南の方の山だよ」

「深い山？」

「松の木が生えているところだよ」

「猟師はいない？」

「猟師って鉄砲打ちのことかい？　山の中だからいるかも知れんね。」

「猟師が撃ちに来たら、母ちゃんどうしよう？」

「深い洞穴の中にはいって三人で小さくなっていれば見つからないよ」

「でも、雪が降ると餌がなくなるでしょう。餌を拾いに出たとき猟師の犬に見つかったらどうしよう」

「そしたら、いっしょうけんめい走って逃げましょう」

「でも、父ちゃんや母ちゃんは速いでいいけど、僕は子供の狐だもん、おくれてしまうもん」

「父ちゃんと母ちゃんが両方から手をひっぱってあげるよ」

「そんなことをしてるうちに、犬がすぐうしろに来たら？」

お母さんはちょっと黙っていました。それから、ゆっくりいいました。もうしんからまじめな声でした。

「そしたら、母ちゃんは、びっこをひいてゆっくりいきましょう。」


南吉にとって狐という野生動物がどのようなものとしてあったかをおしえてくれる温かい作品になっている。次に紹介する「小さい太郎の悲しみ」とともに南吉童話の全体を見渡すのにこれほどふさわしい作品はない。ただ読むだけ、それで南吉の世界にいざなわれる。これだけの作品をいったい何時から、とは当然考えねばならぬこと。偶然できたなどと言える代物ではない。書いたのは「狐」が一月八日、「小さい太郎の悲しみ」が翌月九日であったとしても鵜呑みにするのは危険すぎる。南吉もしたたかな「言葉の猟師」である。はじめからこのときと思って空んじてた、あるいは狙っていたとみたい。なんといっても一筋縄ではゆかないくらべようもない相手なのだ。

狐は神の使いでもあるが人間にいちばん親しく交わる動物でもある。鴉根山は半島の背骨にある山、杉治商会の農場のある山である。

読者は覚えているだろうか。本書の、はじめに見得を切ったことを。筆者は南吉はこれと決めつける考えない解説に見得を切った。「ごん狐」ひとつで南吉をよみとる風潮に反発した。なんにでも答えを求める行き方に異議を申し立てたつもりだ。数日前にある舞台で日舞「山《やま》姥《んば》」を見た。能の「山姥」に材を採ったと説明にあったとおり山姥の動きは緩慢というよりのろいに近かった。舞いを見せるというよりこころの姿を見せるといった舞であった。しかし、そのこころもとないような舞手の姿が観客の視線をとらえてはなさない。それまでところどころで話し声がないでもなかった会場がしずまった。囃子方も舞台の裏から音を出している。鼓・太鼓・三味線の哀調をおびた音曲をリードするように「山姥」の所作というか舞がつづく。空気感とでもいうしかないものが会場をつつんでいた。舞手と観客と音曲を受けもつ男たちとがつくるライブ感に酔った。「山姥」のこころが舞手のからだを満たしていた。その柿渋色の衣装も山姥にふさわしいものだった。

　あえて日舞の感想を書いたのは、ここに紹介する「狐」「小さい太郎の悲しみ」「疣」の三作を先の舞台を借りて言えば、南吉がただ一人山姥を舞う場面そのものとみたからである。三作の後、絶筆の「天狗」がかかれるが、それは広重、緑雨をまねた死の演出に過ぎない。緊張感はもはや解けている。

　最後の「狐」「小さい太郎の悲しみ」「疣」の三作、あるいは前年十二月二十六日の「耳」は三昧の南吉がのこした生きるための言葉だと受け取りたい。

20

言葉で「悲しみ」だの「哀切」だのと言ってしまったら、どこにでもころがっている「悲しみ」と「哀切」になってしまう。「小さい太郎の悲しみ」は、子供から大人への成長を理屈抜きに表現した作品。何も変わらないように見える日常の中で何がどう見えない形で変わってゆくか、動かない土地、動かない村を土台に、見えない世界のなかの目に見えない変化を作品にした。

最晩年に書かれる「疣」とともに本作品が南吉の極点を示す作品と思わないわけにはゆかない。それにしても静謐である。

童話　小さい太郎の悲しみ

車大工さんの家に近づくにつれて、小さい太郎の胸は、わくわくして来ました。安雄さんがかぶと虫で、どんな面白いことを考え出してくれるか、と思ったからです。

ちょうど、小さい太郎のあごのところまである格子に、くびだけのせて、仕事場の中をのぞくと、安雄さんはおりました。小父さんと二人で、仕事場の隅の砥石でかんなの刃を研いでいました。よく見るときょうは、ちゃんと仕事着をきて、黒い前垂れをかけています。

「そういうふうに力を入れるんじゃねぇといったら、わからん奴だな」

と小父さんがぶつくさいいました。安雄さんは刃の研ぎ方を小父さんに教わっているらしいのです。顔をまっかにして一生けんめいにやっています。それで、小さい太郎の方をいつまで待っても見てくれません。

　とうとう小さい太郎はしびれを切らして、

「安さん、安さん」

と小さい声で呼びました。安雄さんにだけ聞えればよかったのです。

しかし、こんなせまいところではそういうわけにはいきません。小父さんがききとがめました。小父さんは、いつもは子供にむだ口なんかきいてくれるいい人ですが、きょうは、何かほかのことで腹を立てていたと見えて、太い眉根をぴくぴくと動かしながら、

「うちの安雄はな、もう今日から、一人前の大人になったでな、子供とは遊ばんでな、子供は子供と遊ぶがええぞや」

と、つっぱなすようにいいました。

子供から大人へ――南吉は今の私たちが忘れたその冷厳な子供から大人に移る刹那といっていい時間を物語にした。今日と昨日は違う、出たり入ったりできない世界が子供から大人に変

わるその日。仕事着をきて、黒い前垂れをかけたその日、人は部屋を変えるようにその世界（居場所）を変える。南吉はその、二度と戻れない無言の決別を悲しみという言葉で表現した。引用部分は作品の第四節。

短い作品ながら、子どもと大人の住む世界の違いを書いた名作である。年齢という数字でしか考えられなくなった私たちのクセをはぎとってくれる。

原稿用紙十一枚の掌編だが、三節、五節に当たるところに、もらい子の話が出て全体をしめる。その三で南吉は太郎が訪ねた恭一君の家の小母さんにこう言わせている。

「ちょっとわけがあってな、三河の親類へ昨日、あずけただがな」

と。そしてその内実を「ふゥん」という太郎のことばのあとにはさみこむ。なかのよかった恭一君が、海の向うの三河の或る村にもらわれて行ってしまったのです、と。あずけたという本当の意味を読み手にとどける。

しめくくりの五で恭一君をひきあいに出し、「三河にもらわれていったって、いつかまた帰って来ることもあるでしょう。しかし大人の世界にはいった人がもう子供の世界に帰って来ることはないのです」と安雄さんと恭一君とのちがいを強調する。

もらい子の話は、おそらく南吉の想像からは出ていない。南吉の時代に生を受けた人なら大部分の人が共有していた民俗知、生きるための慣行といっていい。その実感を短篇に入れ込んだ。南吉のというより土地に伝わる慣行を、年寄りから聞かされているひびきに近い。もらい子の話は、宮本常一の『忘れられた日本人』（岩波文庫）の「名倉談義」の中にもある。名倉は北設楽郡設楽町名倉、奥三河の村である。こちらの話は同じ三河でも海の村（幡豆郡）から、山の村（北設楽郡）に子供をあずける話である。

宮本常一は、もらい子の母と子のありようとその後を民俗で語り、新美南吉はその在りようと実感を童話という物語にした。もらい子のやりとりともいえる時代の制度・慣行が母と子の離別という現実だけでなく、目では見えない村どうしがどうつながって成り立つのかを象徴的に伝えてくれる。

南吉が書いた「海の向うの三河の或る村」の或る村とは三河の佐久島である可能性が高い。当時おこなわれた佐久島のノベナワ漁が子供の労力を必要としたからである（宮本常一「日間賀島、佐久島のもらい子」『宮本常一著作集　8』未来社）。

21

どこまでも考えつづけるのが物書き・南吉のようである。何年前か、何カ月前かはわからないが、「たね（種）」になりそうな言葉（材料といってもいいが）を頭の片隅に放り込んでおく。あるものは成長し、あるものはそのままとなる。想像もつかない前から、あたためていたもの、「疣《いぼ》」の一篇は南吉の性格が出た作品のような気がする。杉作のマネをして声に出すと、より響きがよい。

考えて見ると、きょうは、あほ臭いことでした。第一、克巳に知らん顔をされました。第二に、駄賃がもらえなかったので、帰りも電車に乗れませんでした。第三に、やはり駄賃がもらえなかったので、雑誌や模型飛行機の材料を買う夢がおじゃんになってしまいました。

こうしてじぶんたちは、すっぽかされて、青坊主にされて帰るのだと思うと、松吉は、日ぐれの風がきゅうに、刈りたての頭やえりくびにしみこむように感じられました。

「どかァん。」

と杉作がとつぜんどなりました。

また、とびかと思って、松吉は見まわしましたが、それらしいものはどこにも見あたりません。枯れた桑畑の向こうに、まっかな太陽がいま沈んでいくところでした。

「何が、おるでぇ。」

と松吉は杉作にききました。

「何も、おやしんけど、ただ、大砲をうって見ただけ。」

と杉作はいいました。

松吉は弟の気持が、手にとるようによくわかりました。弟もじぶんのようにさびしいのです。

そこで松吉も、

「どかァん。」

といっぱつ大砲をうちました。

すると松吉は、こんな気がしました。——きょうのように人にすっぽかされるというようなことは、これからさきいくらでもあるに違いない。俺達は、そんな悲しみに何べんあおうと、平気な顔で通りこしていけばいいんだ。

「どかァん。」

とまた杉作がうちました。

「どかァん。」

と松吉はそれに応じました。

二人は、どかんどかんと大砲をぶっぱなしながら、だんだん心をあかるくして、家の方へ帰っていきました。


「疣」が最後の作品となった。

それは、「狐」でも「小さい太郎の悲しみ」でもない南吉をむきだしにしたような作品といえる。方言を入れ、自分の思いを入れ、生きる極意までも取り込んだ。南吉が封印してきた自身の感情・生き方の根を書いた。南吉の作品で、湿った、くすごもった、道徳を垂れるようなものは見あたらない。主題とかテーマがすけて見えるものもない。それはそんなことを考えて書いてないから。直接役立つことを拒否しているからだ。もし頭の片隅にでもあればいくら口で調子のいいことをいっても自然ににじみ出てしまう。そのあたりのことは紙一重の創作の大事な生命線であるので、ここは、南吉と同業の童話作家・角野栄子氏の的確な文章で伝えることにしたい。河合雅雄氏との対談での発言である（『ぶらりぐるり知多半島』二〇一三年版所収、中日新聞社出版部）。

南吉さんは説教しようと思って書いてないですよ、たぶん。自分への戒めみたいに思っているんじゃないでしょうか。そこからなにかを生み出そう、拾ってこようというような効果を期待して書いていない。そこらへんが、その清潔感というんですかね、私はいいなと思うんです。

角野栄子氏の直感は当っていると思う。南吉の教え子の加藤千津子さんが私に言った南吉評は、「欲がない」だった。教えられた側も欲が持てなくなった、と。私はその言葉を、さもしさがないと受け取らせてもらった。美しい心は、欲のない自然の心と言っていい。

自分の顔を見られたくない。昭和十七年の南吉は、ほとんどそれだけを考えていたのではないかとさえ思えてくる。それほど徹底していた。本書の最後にとりあげる佐薙好子もそんな南吉に接している。まずは、書簡から。

書簡　佐薙好子宛

そんなに遠くまで心配をかけて申訳ありません。

のどがわるいので一切のお見舞をおことわりしてふせっています。

たとい僕の肉体はほろびても君達少数の人が（いくら少数にしろ）僕のことをながく憶えていて、美しいものを愛する心を育てて行ってくれるなら、僕は君達のその心にいつまでも生きているのです。

疲れるといけないからこれで失礼。


書いたもののすべてを、東京の巽聖歌に生前の挨拶を兼ねた手紙とともに送ったのは二月十二日のことである。佐薙好子からの見舞いに、ハガキであるにせよ返事（二月九日）を書いたというのはかなりのことといえる。南吉を見舞うために安城からも教え子が半田に向かうのだが、一月に訪ねた細井らは南吉に会えず、二月の中下旬に見舞った本城らが離れで一人寝ている南吉に会っているくらいだ。三人で会ったのだったが、その時の南吉の声は耳元で聞く一人がやっと聞きとれるほどの声であったという。

ではこの佐薙へのハガキが最後になったかというとそれはちがう（佐薙宛には二月二十一日にも花かごの礼状を出している）。最後のそれは、巽聖歌宛に書かれている。半田局の消印三月八日のものである。そこには、「はやく童話集がみたい。今はそのことばかり考えている」とある。


昭和十八年三月二十二日午前、女学校に渡辺多蔵家から新美正八死去の知らせが入った。連絡を受けた学校は古参教師の戸田紋平と南吉のクラスの卒業生二人を弔門に向かわせた。くやみの口上は家の敷居をはさんだ内と外でおこなわれ、家に上がることも南吉と対面することも許されなかった。戸田紋平のうしろから加藤千津子が見たのは敷居の下の空洞だった。穴の中で南吉との時間がフラッシュバックした。

四月になって渡辺家から届いた死亡通知に、告別式は四月十八日午前十時ヨリ十一時迄、とあった。

厄日を避けたとしても一介の英語教師の葬儀が一月遅れの四月十八日とは？　なんとも不思議なとむらいとは言えないか。新学期の慌しさも落ち着いた頃の葬式が南吉の遺志だとすれば、最後まで教師であり文学者でありたかったのかと思われてならない。

新美南吉 略年譜

大正二年（一九一三）〇歳
七月三十日、愛知県知多郡半田町岩滑《やなべ》に、父渡辺多蔵、母りゑの二男として生まれる。「正八」を名づけられる。

大正六年（一九一七）四歳
十一月四日、母りゑ病没。

大正八年（一九一九）六歳
二月十二日、継母志ん入籍。

大正九年（一九二〇）七歳
四月、知多郡半田第二尋常小学校入学。

大正十年（一九二一）八歳
半田市の新美志も（亡母りゑの継母）と養子縁組、新美正八となる。

大正十五年（一九二六）十三歳
小学校卒業、愛知県半田中学校入学

昭和三年（一九二八）十五歳
二月、学友会誌「柊陵」に「椋の実の思出」を発表。

昭和六年（一九三一）十八歳
中学校卒業、四月から母校である半田第二尋常小学校の代用教員となる。十月に草稿「権狐」を書き上げ、『赤い鳥』に投稿する。
昭和七年（一九三二）十九歳
『赤い鳥』一月号に「ごん狐」掲載される。四月、東京外国語学校（現、東京外国語大学）英文科入学。
昭和八年（一九三三）二十歳
十二月、「手袋を買いに」第一稿を書き上げる。
昭和九年（一九三四）二十一歳
二月、第一回宮沢賢治友の会が、新宿の喫茶店モナミで開かれ、巽聖歌に連れられて出席。
昭和十一年（一九三六）二十三歳
三月、東京外国語学校卒業。
昭和十二年（一九三七）二十四歳
四月、河和第一尋常高等小学校の代用教員となる。九月、半田の杉治《すぎじ》商会鴉根《からすね》山蓄禽研究所に勤める。
昭和十三年（一九三八）二十五歳
三月、愛知県安城高等女学校の教員になる。
昭和十六年（一九四一）二十八歳
十月、南吉最初の単行本『良寛物語　手毬と鉢の子』が学習社より発行される。
昭和十七年（一九四二）二十九歳
十月、南吉最初の童話集『おじいさんのランプ』有光社より発行される。
昭和十八年（一九四三）
二月、「公立学校職員分限令第三条二項第二号ニ依リ本職ヲ免ス」の辞令が出て、安城高等女学校を去る。
三月二十二日、喉頭結核で死亡。

◉引用・参考文献

『校定新美南吉全集』全十二巻別巻二、大日本図書、一九八〇―一九八三年
『新美南吉童話集』岩波書店、一九九六年
『新美南吉詩集』角川春樹事務所、二〇〇八年
『良寛物語　手毬と鉢の子』中日新聞社、二〇一三年
石川勝治・斎藤卓志編『デデムシ　新美南吉詩歌集』春風社、二〇一四年

＊

巽聖歌『新美南吉の手紙とその生涯』英宝社、一九六二年
巽聖歌編『墓碑銘』英宝社、一九六二年
会報「聖火」全七二冊、たき火の会、一九六六―一九七三年
巽聖歌『新美南吉十七歳の作品日記』牧書店、一九七一年
浜野卓也『新美南吉の世界』新評論、一九七三年
神谷幸之『南吉おぼえ書』かみや美術館、一九八〇年
河合弘『友、新美南吉の思い出』大日本図書、一九八三年
渡辺正男編『新美南吉・青春日記』明治書院、一九八五年
『歌見誠一童謡集』私家版、一九九一年
新美南吉『でんでんむしのかなしみ』大日本図書、一九九九年
新美南吉に親しむ会編『安城の新美南吉』同会刊、一九九九年
保坂重政『新美南吉を編む』アリス館、二〇〇〇年

図録『安城と新美南吉』安城市歴史博物館、二〇〇五年
『新美南吉記念館研究紀要』第十四号、同館刊、二〇〇七年
別冊太陽『新美南吉』平凡社、二〇一三年
斎藤卓志『素顔の新美南吉』風媒社、二〇一三年
かつおきんや『「ごん狐」の誕生』風媒社、二〇一五年

＊

与田準一編『日本童謡集』岩波書店、一九五七年
岸田劉生『浮世絵版画の画工たち』光風社書店、一九七〇年
名古屋童話協会『大西巨口と「兎の耳」』同会刊、一九七二年
与田準一『詩と童話について』すばる書房、一九七六年
衣斐弘行『評伝　斎藤緑雨』鈴鹿文化センター、一九八四年
河盛好蔵『井伏鱒二随聞』新潮社、一九八六年
図録『歌川国芳展』日本経済新聞社、一九九六年
松丸春生・西川小百合『賢治と南吉』さ・え・ら書房、一九九九年
松丸春生・西川小百合『南吉と賢治』さ・え・ら書房、一九九九年
『斎藤緑雨全集』全八巻、筑摩書房、二〇〇〇年
大塚英志『「捨て子」たちの民俗学』角川書店、二〇〇六年
内藤正人『もっと知りたい　歌川広重』東京美術、二〇〇八年
開高健『人とこの世界』ちくま文庫、二〇〇九年
坪内祐三『慶応三年生まれ七人の旋毛曲り』新潮文庫、二〇一一年
北山修『意味としての心』みすず書房、二〇一四年

おわりに

二〇一六年二月二十日、安城中央図書館で南吉作品「最後の胡弓弾き」の朗読会があった。朝から雨だった。国府宮のはだか祭は雨の強いなかで、とニュースが報じていた。国府宮の祭りは寒い。だが、雨の中とは、と思った。朗読会も雨のなか定刻どおり始まった。いつもは短い朗読を数本やるが一作で一時間ははじめての試みだった。

たいした期待は持っていなかった。本書の目次からはずした作品がこれだった。

一時間、目を閉じて聞いた。朗読の声が掛け合いのように聞こえ、それに音楽が加わるころには、先はどうなる、先はどうなると進み具合が気になった。言葉の出し方、間の取り方に感心し、あきれかえっていた。どこが下手？　と聞く私のなかに落雷が落ちた。

胡弓弾きの木之助が毎年胡弓をたのしみに待っていた味噌屋の大旦那の前でひく場面である。大旦那は一昨年の旧正月の朝死んでいる。

木之助《すけ》は今までに仏壇に向って胡弓《こきゅう》を弾いたことはなかったので、変なそぐわない気がした。だが思い切って引き出して見ると、じきそんな気持ちは消えた。いつ弾く時でもそうであるように、木之助はもう胡弓に夢中になってしまった。木之助の前にあるのはもう仏壇《ぶつだん》というような物ではなかった。耳のある生物だった。それは耳をそばだてて胡弓の声にきき入り、そののんびりしたような、又物哀しいような音色を味わっていた。木之助は一心にひいていた。

南吉は、久助君の話が書けて書けるようになったと巽聖歌に打ち明けている。死ぬ一カ月程前のことだ。胡弓弾きはその久助君の話より前の作品だ。南吉のはじめての童話集にも、そのあとに出た二冊の童話集にも入れられていない。大日本図書の『校定新美南吉全集』には代表作を集めた第二巻でなく第三巻にある。だが耳でじっさいに聞いて驚いた。驚くしかなかった。パイプ椅子に座っていることさえ忘れた。朗読を聞かなかったら、一生低いレベルの作品という先入観のまま終わるところだった。不明を恥じるしかない。低いレベルとレッテルを貼った私が感動させられている。朗読をつとめた五人も持ち場を一心不乱でこなした。語り手五人の声が物語に乗り移っていた。

今年も万歳さん来るだろうかと待つ人、得意先の家はどんなであろうかと気にかける万歳師。両者が年に一度再会して無事を喜び合う。風のように家に上がり万歳をすませてさっさと家を出る。家人がいてもいなくても変わらない。日に三十軒、四十軒、そんな万歳師から聞き書きを取り、万歳師に同行して家（檀家）を廻った私が、寸分ちがわない胡弓弾きの物語に酔わされている。民俗学の目で調査に廻った私などよりよほど南吉は万歳の心に精通している。著述した先の本（『素顔の新美南吉』）でも書いたが、歴史家の塚本学先生が「おじいさんのランプ」

のような本を書いて、と講演会で十年の歳月をまたいで二度までも言われていた。近世史の大家といわれる塚本先生にして、南吉のように書いてみたいといわれた。読める歴史書のその先鞭をつけた先生でさえだ。南吉とは、どんな人かしらんと朗読を聞いて改めて思った。朗読と言ってしまったが、聞き了えた時は「語り物」そのものを聞いた印象だ。「節談説教」を聞いた時のように酔わされた。木之助の声も一心だったが、聞く側もしわぶきひとつ出さなかった。数日たっても、いいものを聞いたな、と思えた。朗読の、あの非日常とも言うべき時間だけが夏の入道雲のように頭のなかに浮かんでいた。いいものを聞いたな。ドアを閉めた部屋の中で、何があって何がなかったか、あそこには朗読の本体だけがあった。五人がはじめて五人でしめた。解説じみたものも挨拶じみたものもなかった。一時間は作品の朗読だけに使われた。浸りきることの大切さを思った。

とんでもないあとがきになってしまったが、これこそが南吉作品に遭遇した実体験だと思うのであえて感じたそのままを書いてみた。

わかったような独り善がりな解説に走る前になすべきことは多いように思われる。我々はまだ本当の南吉をとらえきれていないのだから。

本書の企画を思い付いたきっかけについても書いておきたい。南吉の「鍛冶屋の子」がいいと耳打ちされた。はずかしいことだがその時は読んでいなかったばかりでなく、タイトルさえ頭になかった。「その人にしかわからない。どうしようもない悲しさ、やりきれない悲しさ」

が書かれていると教えられた。すぐメモ用紙をもらって書きつけた。メモには、平仮名で「かじや」、「カルタ」作成時、と書かれている。「嘘」という文字もある。その手のひらにも満たない小さいメモが本書の出発点となった。いつも原稿の入力をたのんでいる安城の精文堂印刷の店先でのことである。

本書を上梓するにあたり、南吉の教え子・大村ひろ子さんに女学校での南吉先生との思い出を寄稿していただいた。七十年以上も前の事柄が鮮明に記されている。季節、風景やりとり……。南吉の心が生徒達にヒタヒタと染み入っていったのを感じさせる内容である。心からお礼を申し上げる。

また『新美南吉詩歌集』で縁をいただいた装丁家の桂川潤氏には「完全原稿」で、と念を入れられていた。おかげで本になった。

最後になったが、本書の上梓にあたっては『素顔の新美南吉』のときと同じく、編集部の林桂吾氏を煩わした。ここに感謝の意を表する次第である。

二〇一六年九月六日

著者

特別寄稿

新美南吉先生と私

大村ひろ子

島田修二先生の歌碑の前で（2015年）

一本道

思えば昭和十五年、初夏の日曜日の昼さがり、用をすませた私は安城の町から新田に向かう道へと角を曲がりました。

二間《けん》とない道の両側には白芥子や煙草の畑が続き、見通しのきく一本道でした。碧海電鉄の踏切を過ぎた頃、向うの方に小さく人かげが見えて来ましたが、それが新美南吉先生であることはお姿からすぐ分かりました。横道もかくれ場所もない一本道。道にも畑にも人かげはなく、「どうしよう、どうしよう……」と戸惑う女学生の私。

えのころ草を右手に振り振り先生は近づいて来られました。すっきりとした長身、お顔にはかすかに微笑をうかべながら。

私が小さい声で「こんにちは」と言うと、先生は「おお!」と一言。そして私の顔にふれんばかりにえのころ草を大きく一振りしてそのまますれ違って行かれました。

偶然にも先生の下宿と、私一家の借りた家とは新田の中のすぐ近くであったのです。

よそから安城高女に転校して来たばかりの私にとって、新美先生は心おどるばかりの素敵な先生に見えたのでした。

原稿の清書

安城高女三学年の新学期に他県から転校して来た私は、新美先生からも、同級生からもしばらくの間、そっとしておかれました。

同級生は、先生の何でもお見通しのするどい感覚と、都会風のきれいな言葉遣いや、すらりとしたお姿に、怖いながらもひそかに憧れを抱いているようでした。

先生は大人びた生徒には、ドストエフスキーの『罪と罰』や『カラマーゾフの兄弟』などの本を職員用図書の中から貸し与えていました。一方で子供じみた私には担当の作文の指導を我慢づよく続けて下さるという日日でした。

新美先生は先ず私に、『『少女倶楽部』の真似は止めなさい」とか「見たまま、思ったままを飾らず書きなさい」とか、きびしく丁寧に指導して下さいました。

ようやく作文が上向きになって来ますと、先生は私を学芸部の一員に加えて下さり、原稿の清書なども頼まれるようになったのです。

昭和十六年の初めの頃、職員室に呼ばれて「この原稿の清書をお願いします」と思いがけないことを言われました。四百字詰めの原稿用紙四、五枚、それは「良寛物語」の最初の部分でした。訂正されたり、追加があったりとても込み入った原稿でした。仕上げて職員室へお返しにゆくと「有難う」と言われ、黙って白い紙こよりで原稿の右はしを綴じられます。そしてまた、続きの原稿を手渡されると言うのが何日も続きました。

毎晩おそくまで起きているので、とうとう父から「毎晩、何をやっているのだ。早く寝なさい」と叱られました。それでも原稿の内容が面白く、心ひかれて夢中で清書しました。

「良寛物語」の半分以上は清書したと思いますが、続きは誰がされたのかよく分かりません。何かしら先生に頼まれたことは、口外しないような雰囲気があったのです。

出版された『良寛物語　手毬と鉢の子』のご本を先生から頂きましたが、その見返しには次のような詩が筆で書かれてありました。

竹筒っぽの中の
　小さい月夜
小さい月夜に
　蟋蟀がひとつ

頂いたこの本は、残念ですがもう手元にありません。

次に童話集『おぢいさんのランプ』の中の「川」とか「嘘」、その他の童話の清書をさせて頂きました。その本が出版されたのは、私たちが女学校を卒業してからです。女学校のすぐ近くにあった青年師範学校の寮に、妹たか子がその本を届けに来てくれました。

「新美先生から言付かったので」と言って。
その『おぢいさんのランプ』の見返しには筆で次のように書かれてありました。

まことのことばは
うしなはれ
雲はちぎれて
そらをとぶ
…宮澤賢治の
詩から
大村ひろ子様
昭和十七年冬　著者

この本は現在、半田市の新美南吉記念館に保管展示されています。
おかげ様で、私の卒業する時の作文の評価は十点満点でした。先生から大きなご褒美を頂いたと、ひそかに嬉しく思っております。

蒲郡の鶴

何がなく鶴見たくなり見に来ればま冬の海べ雪降り出でぬ
とある家のせどべに赤き木の実見ぬ蒲郡はよろし雪は降るとも
昭和十七年一月
新美　正八

新美先生の短歌の中で私の好きな二首。妹たか子の教室で短歌の勉強があり、青色インクのガリ版ずり詠草集の末尾に、新美正八としてこの歌がのっていたのです。たか子からその一枚の詠草集を貰いましたが、今は失ってしまいました。（その詠草集は大日本図書の校定新美南吉全集に写真で残されています。）

この鶴について記したいことがあります。

日時と何のためだったかははっきりしませんが、寒い頃に私たち同級生は新美先生と蒲郡の海へ行ったことがあります。

その頃、海辺の砂浜に金網の小屋があり、鶴が二羽飼われていました。大きな羽ばたきもままならないようなせまい粗末な小屋でした。私がこちら側で見ていて、ふと気がつくと金網の反対側で新美先生がじっと身じろぎもせず鶴を眺めておられました。廻りに人かげもなく先生はただお一人でした。

私はそっとその場から離れました。

今思うに、その時の先生の胸中は果たして如何だったのでしょうか。後に知り得たことですが、この頃先生はすでに死の予感にさいなまれ、心はとぎすまされ、悲しかったのではないかと思います。

私はこの時の鶴が、短歌になったのだとひとり信じています。

あまりに寂しいので、ここで楽しいお話をひとつ。

怖い新美先生の思いがけないお茶目な姿を覚えております。女学校のお昼休みは、自由で、気の向いた者同士、校庭に出てぶらぶらと遊びました。新美先生のお姿が校庭に見えたりすると皆何となくどきどきしたものです。

ある時、新美先生は校庭に落ちていた烏臼《うきゅう》の枯葉を拾ったかと思うと、そばにいた級友のセーラー服のうしろ衿くびに、ぐいっと押し込んだのです。級友は「きゃあー」と喜びの声をあげて逃げていきました。

また、ある時中央廊下で先生と下級生とが話をしていましたが、先生の手がのびて相手の衿もとのネクタイを引っ張ったのです。すると一部ゴムひものついたネクタイは、ぐいと伸びました。先生はひきつづき、二度も三度もそれを引っ張りながら話しておられたのです。下級生は困ったようににこにこしながら先生のなすがままにまかせていました。
私は中央廊下の反対側で友達を待ちながら一部始終を楽しく眺めていました。

卒業前後

卒業も間近となった昭和十七年三月、学校の講堂で予餞会がありました。私たちは送られる側なのですが、新美先生の発案で全員壇上にのぼって「アロハ　オエ」を歌うことになりました。すでに先生は死を覚悟され、特別の別れの歌だったと思うのですが、私たちにはよく分かりませんでした。
しかし、先生みずからの呼びかけで、しかも曲は敵国の歌とも言える「アロハ　オエ」。かすれたお声の先生が壇上の前列の真中に立ち、歌詞の三番までを歌われたその決死とも言えるお姿は、私の胸に深く刻みつけられました。

雨雲低く垂れて
木木は憂いに満ちぬ
谷間を過ぐる風も

・・・・・・今日の別れかなしめり
アロハ　オエ
アロハ　オエ
・・・・・・

おぼろげながらこの歌詞を思い出す時、今でも涙のにじむのを覚えます。

卒業式の日のこと。

講堂での卒業式が終り、教室へ戻った時、先生は最後の作文をみんなに返して下さいました。私の作文の題は「春と蛇《くちなわ》」。先生は、「大村のはいい。ここで読みたいが咽が痛いのでやめる。読みたい人はあとで見せて貰うといい」と言われました。

それから和室の作法室で謝恩会が始まり、和やかな雰囲気で続いておりました。用があり私が長廊下を一人歩いておりますと、向うから新美先生が近づいて来られました。長い人気のない廊下で二人ばったり出会ったのです。新美先生は握っていた蜜柑を私に手渡し、一言「春と蛇」と言われ、微笑まれました。先生の手であたたかくなっていた蜜柑。最後の最後に先生と私の心は通じ合えたのだと、喜びで一杯となりました。

これで本当に私は女学校を卒業出来たのだと思っております。

お見舞

青年師範学校の寄宿舎にいた頃のこと。

昭和十七年十一月三日の休日に、杉浦さちさんとすぐ近くの女学校を訪ねました。手みやげにみかんを一杯持って。

その日、宿直あけの新美先生が大きな箱火鉢の前で新聞を読んでおられました。

挨拶がすむと先生はすぐ「白秋が死んだねえ」と一言おっしゃって、新聞を指されました。

そのまま先生が記事を読み終るまで沈黙が続いたのです。その頃、私たちは先生と白秋とのかかわりを知りませんでしたが、今考えてみると先生はご自身の終《つい》の生命を思い白秋の死と考え合せて、如何ばかりの感慨を抱かれていたのでしょうか。


明けて昭和十八年、先生がいよいよお悪いらしいと級友からうわさが伝わって来ました。

杉浦さちさん、本城良子さんと私の三人は早速半田へお見舞に行こうと決めました。

二月の寒い日、小雪のちらつく中をお店の方のお家に着き声をかけました。お母さんが「会うかどうか聞いてくるで、ここで待ってて」と離れの方に行かれましたが私たちは心配でした。

この頃は先生にお逢い出来ずに、お見舞だけを置いて帰ると言うことを聞いていたからです。

間もなくお母さんが戻って来て「会うそうだで、離れの方へどうぞ」と言って下さったので私たちは本当にほっとしたのです。離れのお庭には黄色い連翹《れんぎょう》が咲いていていました。先生はしわがれたお声で「よく来てくれたね」と言われ、半身を床の上に起してぽつりぽつりとさりげないお話をされました。お母さんの運んで来たお昼のお粥もおかずも皆、召し上がったので、私たちは先生はもう一度元気になられるのではないか、と思ったりしました。帰る時、先生は枕もとの本棚から一冊の本を引き出して「大村、これ。返さなくともいいよ」と言って渡して下さいました。それはずっしりと重い白秋の歌集『黒檜』でした。返さなくてもいいよ――の意味がその時はよく分からなかったのです。

その死を前にして先生は私に一つの暗示を与えて下さったのでしょうか。

この時から七十二年後の今日、私は短歌を一つの生き甲斐のようにして生きています。

松葉館

昭和五十七年、私はコスモス短歌会に入会しました。会員三千人とも言われた大結社で揉まれながら、かいま見る宮柊二先生はまことに高遠な存在でした。

新宿でのコスモス全国大会の折など壇上にのぼられた先生はすでによく廻らぬ呂律ながら

堂々とお話をなされました。時折英子夫人の通訳を交えながらも。
昭和五十八年十二月、武蔵国分寺跡に宮先生の歌碑の除幕式があり、その時のことをありありと思い出します。高い石段の上から車椅子の宮先生が幹部四人にかつがれて静かに降りて来られ、除幕される歌碑の前の座に着かれました。

歌碑の歌
むらさきの葛の花ちる石段を武蔵国分寺へわがのぼりゆく　　　宮柊二

式のあと、ほんの一瞬のチャンスがあり、私は車椅子の先生のそばに歩みよってご挨拶をしました。先生はさっと私をご覧になり、一言「ああ。おお」と分かって下さいました。たったこれだけでしたが私は大変に嬉かったことを覚えています。
さて、この宮先生とわが南吉先生が、若き日同じアパートで暮しておられたとは何という偶然でしょうか。（記録によればこれは昭和九年～十年頃）
後年このことを書物で知った私は、東京の中野区上高田の旧番地を、松葉館はどこ、松葉館あとはどこ、と探し廻りました。到頭分からなかったけれど最後に近くの新井薬師様にお詣りして、その頃の二人を偲びました。
松葉館の廊下を鍋をもって行き来したのは柊二だったのか、南吉だったのか。二人はここで若々しく文学論をたたかわせたのだろうか、等と。

今やもう、松葉館のこともすっかり研究されていると思うけれども、一人さまよった中野上高田は今も思い出深いところです。

日記のゆくえ

記憶もさだかでありませんが昭和十八年、新美先生の亡くなられたあとのこと。追悼会のためにお借りした品物をお返しするために、二、三人で半田のお家へ行ったことがあります。

お父さんに案内され、離れの先生が寝ておられたその奥の部屋に通されました。まだ片つかないものが一杯ある中でお父さんはリンゴ箱（昔リンゴを運ぶための粗末な木箱）を引きよせて、こう言われました。

「こんなものは、どうせ風呂のたきつけにしてしまうから、若しよかったらなんでも持って行って下さい」と。

見ると何冊ものノートやら、古い原稿やら本などが一杯入っていました。そのノートは殆どが先生の日記でした。私たちはそれを持って帰っていいものかためらいましたが、とうとう皆で、二、三冊ずつ分けて持ち帰ったのです。

先生の心の中をのぞき見るような後めたさがつきまといましたが、結局私たちは全部を廻し読みして、それぞれ手元に保存しておりました。私の所にあった日記帳には、

ふろに行ってきます
ここで
待ってゐてください
ちいこどの

と書かれたA4版位の紙がはさまれていたのを覚えております。

それから一、二年してからでしょうか。東京の巽聖歌さんから「新美南吉の日記帳は貴女がたが持っているべきものではない。すぐ私に返して下さい」と連絡があったのです。どこから知れたのか。私たちは何も悪いことをした覚えはないのに、巽さんに叱られるのは心外、とばかり悩みました。が結局、相談をして全部まとめて巽さんあてにお返ししたのです。

こうして新美南吉先生の日記は世に残りました。さし障りのある人名などは伏せて全集にものせられ、生き残っている私たち教え子は、今安堵の日日を送っています。

白ばら

父の転勤で安城新田の家に引越してきて間もなくの頃です。

近くに新美先生の下宿のあることを知り、何となく近づいてみたいと憧れのような気持ちを抱いておりました。

家の庭を見ると何本かの樹木の外、一隅に野放途に白ばらが咲いていました。中輪で張りがありとても美しく見えました。「——そうだ。これを切って先生の所に持って行こう」と少女じみたことを思いつき、勇気を出してこれを実行しました。

丁度日曜日。心おどらせながら先生の長屋門の下宿を訪ね縁側の方へ廻りました。先生は窓ぎわの机で読書中でした。「先生、ばらを持って来ました」と差し出すと「おおばら！　これに水を汲んで」と空瓶を出されました。外井戸で水を入れ、切ってきたばかりの白ばらを挿しました。そして先生のお指図通り縁側のはしに飾ったのです。

先生は「これは大家さんが咲かせたばらではないのか。黙って切って来て叱られないかな」とつぶやかれたので私はびっくりしました。自分の家の庭に咲いていたものを切っても当然と安直に考えていたからです。私は先生の思いやりのお心をつくづくと感じながら、「さよなら」をしました。

借りた家のすぐ隣が大家さんであり、私の家の白ばらの様子も、先生は散歩の途次によくご存知だったのです。

七十数年も前のありありとした思い出です。

思い出のメモ

校舎と校舎の間の中庭で花壇の手入れをした時のこと。終わった花を抜いて新しく金盞花《きんせんか》を植える作業でした。

指導の新美先生は、私たちの作業の手許を見て、「花には向きがあるんだよ。ほら、頭が傾いている方を南に向けてやりなさい。花も明るい方を向きたいからね」と言われました。私たちは向きのよくないものを急いで植えかえてやりました。

ある日曜日、学校図書室の本の整理を級友と二人で頼まれました。お昼となり私たちは小さなお弁当を開こうとしましたが、先生は私たちにお蕎麦を取って下さいました。先生の分と三つ。友人と私はもじもじしていて、先生が「さめるから早く食べなさい」と何度も言って下さったのに、とうとう箸をつけなかったのです。先生は「あとで小使さんにでも食べて貰うから」と言われ、続きの作業にかかりました。あの時どうして素直にお蕎麦を頂けなかったのでしょう。未だにその後悔は消えておりません。先生、すみませんでした。

昭和十五年、新田の家に移って間もなくの頃のこと。私たち姉妹は言葉は悪いけれど「先生の家をのぞきに行って見よう」と言うことになりました。ゆく道々、虫とりなでしこのピンクの花を摘んで行きました。

先生の窓をそっとのぞくと、窓ぎわの机で先生は読書中でした。「先生」と声をかけると先生は一言「僕は今、せんべいを食べているんだよ」と言われ、また眼を下に落されたのです。仕方ないので摘んできた虫とりなでしこの束を窓格子の間からさし入れますと、先生はともかくも受け取って下さったのです。

先生はどんなにかうるさい子供だなあ、と思われたことでしょう。

新田の入り口に一寸とした墓地があり、その前に六地蔵が並んでいました。

ある夏の夜、地蔵祭りか何かでにぎわっておりました。この墓地前の田圃のあぜで一団がしゃがんで明るい声を上げていたので、ふと目をやるとその中心は新美先生だったのです。めぐりは小学生の男の子ばかり。線香花火を楽しんでいたらしく、時々先生のお顔がぱっと明るく映し出されていました。この時の先生が、今や日本の新美南吉先生となられたのですね。

女学校の校庭は一部芝生になっていて、この芝生はとても大切にされていました。作業時間には芝生の中の雑草とりをしました。

雑草の中に「庭石菖《にわぜきしょう》」という小さな紫の花をつける草がありました。新美先生は「これは可愛いけれど仕方ない。やっぱり取って下さい」と言われました。今も東京の草道にこの「庭石菖」の花が咲いています。

安城高女にあった樹木の中で印象に残っているのはやっぱり「烏臼」の木です。校舎側に沿って十本近く佇《た》っていました。葉がきれいに茂り、冬は作業員が入って細枝を切り落し、丸坊主のこぶしがいくつか突き出す形となりました。誰もナンキンハゼ等とは言いませんでした。この樹に寄りかかっている新美先生の写真は、女学生生活を思い出させる本当に大切な写真と思います。

校舎の東の境にあった山梔子《くちなし》や、中庭に幾株かあった丸い樹姿の海桐花《とべら》などが思い出されます。

校舎の正面玄関の右手に樹に巻きついた、のうぜんかつらがあり、夏の間中濃い朱色の花をさかせていました。咲いては落ち、咲いては落ちしていました。

ある日、広い裁縫室で授業の始まるのを待っていた時のこと。「あ、新美先生！」と誰かが叫んだので皆、東の窓にかけよりました。

しばらく学校を休んでおられた先生。

続く青田の向こうの大通りを新美先生が学校に向かって歩いて来られる姿がくっきりと見えました。声は届く筈もなかったけれど、私たちは口々に新美先生、新美先生、と呼んだのです。

ほっそりとして、少し肩をゆらしながら、飄飄とした感じだった新美先生。

先生は生徒を呼びすてにしていました。これが普通だったと思います。

ある時、友達に私の日記を持って行かれたので、困った、と思い廊下を走って追いかけました。丁度見ておられた新美先生は、

「大村、廊下を走ってはいかん！」と大声で私を叱りました。

その大声をいつまでも忘れることが出来ません。

［著者略歴］
斎藤卓志（さいとう・たくし）
1948年、愛知県生まれ。民俗学者。中京大学法学部卒業、佛教大学文学部（通信）卒業。元安城市職員（学芸員）。著書に『世間師・宮本常一の仕事』（春風社）、『刺青墨譜』（春風社）、『刺青　TATTOO』（岩田書院）、『稲作灌漑の伝承』（堺屋図書）、『素顔の新美南吉』（風媒社）、編著に『職人ひとつばなし』（岩田書院）、『葬送儀礼と祖霊観』（光出版）、『デデムシ　新美南吉詩歌集』（石川勝治との共編、春風社）などがある。

カバー写真撮影／戸田紋平（昭和17年）
装幀／桂川 潤

生きるためのことば――いま読む新美南吉

2016年12月1日　第1刷発行　（定価はカバーに表示してあります）

著　者　　斎藤　卓志

発行者　　山口　章

発行所　名古屋市中区上前津2-9-14　久野ビル
電話 052-331-0008　FAX052-331-0512　風媒社
振替 00880-5-5616 http://www.fubaisha.com/

乱丁・落丁本はお取り替えいたします。　＊印刷・製本／シナノパブリッシングプレス
ISBN978-4-8331-2091-3

小松史生子 編著

東海の異才・奇人列伝

徳川宗春、唐人お吉、福来友吉、熊沢天皇、川上貞奴、亀山巌、江戸川乱歩、小津安二郎、新美南吉…なまじっかな小説よりも面白い異色人物伝。芸術、芸道、商売、宗教、あらゆる人間の生の営みの縮図がここに！

一五〇〇円＋税

日本近代文学会東海支部

〈東海〉を読む

近代空間と文学

坪内逍遙から堀田あけみまで、東海地方ゆかりの作家や、この地方を舞台にした小説作品を俎上にのせ、そこに生成した文学空間を読み解く。日本文学・文化研究の次代＝時代を切り開くべく編まれた論集。

三八〇〇円＋税

松岡敬二 編著

古地図で楽しむ三河

地図から立ち上がる三河の原風景と、その変遷のドラマを追ってみよう。地域ごとの大地の記録や、古文書、古地図、古絵図に描かれている情報を読み取ることで、忘れがちであった過去から現在への時空の旅に誘う。

一六〇〇円＋税